Carlos Loveira • Guillermo Martínez Márquez •
Alberto Lamar Schweyer • Jorge Mañach • Federico de
Ibarzábal • Alfonso Hernández Catá • Arturo Alfonso-
Roselló • Rubén Martínez Villena • Enrique Serpa •
Max Henríquez Ureña • Emilio Roig de Leuchsenring

I0657026

FANTOCHES 1926

FOLLETÍN MODERNO POR ONCE ESCRITORES CUBANOS

Edición
Ana María Hernández

- STOCKCERO -

ii

Foreword, bibliography & notes © Ana María Hernández del Castillo
of this edition © Stockcero 2011
1st. Stockcero edition: 2011

ISBN: 978-1-934768-43-3

Library of Congress Control Number: 2011928466

Set in Linotype Granjon font family typeface
Printed in the United States of America on acid-free paper.

Published by Stockcero, Inc.
3785 N.W. 82nd Avenue
Doral, FL 33166
USA
stockcero@stockcero.com
www.stockcero.com

Carlos Loveira • Guillermo Martínez Márquez • Alberto Lamar Schweyer • Jorge Mañach • Federico de Ibarzábal • Alfonso Hernández Catá • Arturo Alfonso-Roselló • Rubén Martínez Villena • Enrique Serpa • Max Henríquez Ureña • Emilio Roig de Leuchsenring

FANTOCHES 1926

FOLLETÍN MODERNO POR ONCE ESCRITORES CUBANOS

Índice

Fantoches 1926: FOLLETÍN MODERNO POR ONCE ESCRITORES CUBANOS

Para Ana María del Castillo

A lo largo de 1926 en la revista *Social* aparece en entregas mensuales la novela policial *Fantoches*, creación colectiva de once escritores y once ilustradores asociados con el Grupo Minorista. Entre ellos figuraban escritores ya consagrados como Carlos Loveira, Alfonso Hernández Catá, Max Henríquez Ureña y Jorge Mañach, además de talentos jóvenes y activistas políticos como Rubén Martínez Villena, fundador del grupo, abogado defensor de Julio Antonio Mella, y secretario de Fernando Ortiz, y su amigo y asociado Enrique Serpa. A mitad de camino entre la espontaneidad del *cadavre exquis* de los surrealistas y la rigidez preceptiva que más tarde caracterizaría las creaciones colectivas del Detection Club de Londres (Portuondo, 1993: 6-7; Álvarez García, 2007), las reglas del juego en *Fantoches* permitían la improvisación dentro de amplios parámetros que no descartaban lo insólito e inesperado. Insólito e inesperado, sin duda, fue el giro que introdujo Alfonso Hernández Catá en el capítulo sexto, cuando de manera abrupta y provocadora enreda la trama al atribuirle el misterioso atentado contra Rosa, una joven de sociedad, a un cabildo de ñáñigos.[1] La mera mención, aunque de manera aparentemente trivial y juguetona, del ñañiguismo en una revista cuyo público estaba decidido a evadirlo, resultaba en sí una transgresión mayor que cualquier innovación formal o convención detectivesca importados de la Europa vanguardista.[2]

La revista *Social*, fundada en 1916 por el ilustrador y editor Conrado Massaguer, cuyos dibujos acompañaban el primero y último

---

1   Ya en los capítulos 3 y 4, Alberto Lamar Schweyer y Jorge Mañach le habían atribuido el crimen a un negro, identificado respectivamente como «Peñalver» o *«Sopimpa»*. Hernández Catá, sin embargo, es el primero en atribuírselo a un rito afrocubano, en vez de considerarlo una instancia de delincuencia común.

2   Curiosamente, existe una película silente del mismo año y con el mismo título dirigida en Nueva York for George Archainbaud y reseñada en el *New York Times* por Mordaunt Hall el 21 de junio de 1926. La trama, adaptación de la obra epónima de Frances Lightner, no tiene semejanza alguna con la novela policial cubana.

capítulos de la novela, desempeñó desde sus orígenes una función am-
bigua y a veces contradictoria: por una parte, satisfacía los deseos de
prominencia de la nueva burguesía cubana creada como resultado del
alza en los precios del azúcar a raíz de la Primera Guerra Mundial.
Por la otra, y principalmente a instancias de Emilio Roig de Leuchsenring, a cuyo cargo estaría la sección literaria de la revista hasta su
desaparición en 1938, avanzaba criterios e ideologías que socavaban
la hegemonía de esa nueva clase. *Social* era una mezcla de trivialidad
burguesa y vanguardia artística, en cuyas páginas convivían la crónica
social, modas, reseñas de cine popular, anuncios de autos, y algunos
de los mejores cuentos y poemas de la generación, así como artículos
sobre arte, música y arquitectura.[3] *Social* se inscribía en una tradición
de revistas literarias cubanas que incluía, entre otras, *El Fígaro* (1885-
1933; 1943-?), *La Habana Elegante* (1885-1893), *Bohemia* (1910-pre-
sente), *Revista Bimestre Cubana* (1910-1959), *Orto* (1912-1957), *Cuba
Contemporánea* (1913-1927), *Gráfico* (1913-1918) y *Chic* (*Cuba Literaria,* «Contexto Histórico»). De la trayectoria de *Social* se ha dicho:

> Con el transcurrir de los años, sin perder sus características de re-
> vista de sociedad, fue portavoz de los escritores jóvenes que salieron
> a la vida nacional con nuevas actitudes políticas y culturales y que
> dieron lugar a actos tan importantes como la Protesta de los Trece
> y más tarde la formación del Grupo Minorista [...] fue Social la
> única revista de estos años que tuvo el privilegio de iniciar un tipo
> de publicación distinta, novedosa, surgida al calor de determinadas
> condiciones y alentada por individuos cultos y sensibles al arte y a
> la literatura. Ello hizo posible que se le considere hoy a la van-
> guardia de todas, para de esta forma trascender hasta nuestros días.
> De ella expresaba Juan Marinello en 1925: es «la revista de más alta
> significación literaria y artística que jamás haya tenido nuestro país»
> (Cuba Literaria, «Contexto Histórico»). [4]

---

3   En los números de 1926 aparecen partituras para piano de Ernesto Lecuona, Alejandro
     García Caturla y Hubert de Blanck.
4   Entre los colaboradores iniciales de la revista figuraron Gustavo Sánchez Galarraga,
     Felipe Pichardo Moya, Aurelia Castillo de González, Dulce María Borrrero, Agustín
     Acosta; Emilio Roig de Leuchsenring, Alfonso Hernández Catá, Graziella Garbalosa,
     Enrique José Varona, Manuel Sanguily, Emilio Bacardí, Guillermo Martínez Márquez,
     Carlos Loveira, Emilia Bernal, Alberto Lamar Schweyer, Regino E. Boti, Mariano Brull,
     Emilio Bobadilla (Fray Candil), Aniceto Valdivia (Konde Kostia) y José María Chacón
     y Calvo. Los contribuyentes extranjeros incluían a Alfonso Reyes, Carlos Pellicer, Luis
     G. Urbina, Vicente Blasco Ibáñez, Juan Ramón Jiménez, Lola Rodríguez de Tió, Amado
     Nervo, Antonio y Manuel Machado, Alfonsina Storni, Gabriela Mistral, José Torres Vi-
     daurre, Max Henríquez Ureña, Eduardo Marquina, Tomás Carrasquilla y Francisco Vi-
     llaespesa. (*Cuba Literaria,* «Primera Etapa»); una lista similar de contribuyentes notables,
     a la que se añaden los nombres de Paul Valéry, Langston Hughes y Paul Claudel, aparece
     en Lobo y Lapique , 1996: 129, nota 8, y 130.

Emilio Roig de Leuchsenring, la figura literaria más importante asociada a la dirección editorial de la revista y autor del capítulo XI de *Fantoches*, era miembro del Grupo Minorista, y su intención de convertirla, aunque de manera al principio subrepticia, en portavoz del mismo, se evidencia en la segunda fase de la revista, que según la periodización propuesta por *Cuba Literaria* comprende de 1923 a 1928 (»Segunda Etapa«). Por lo tanto, *Fantoches 1926* se escribe justo en el momento en que el Grupo Minorista inicia su período de politización con la «Protesta de los Trece» y lleva a cabo una contextualización del arte dentro de un marco social. De aquí se desprende que los juegos de *Fantoches* no fueran tan triviales como era de esperarse por el carácter aparentemente frívolo de la revista en su primera etapa y el carácter desenfadado de sus primeros capítulos, a cargo de Loveira, Martínez Márquez, Lamar, Mañach e Ibarzábal.

Hasta la fundación de la *revista de avance* en 1927, dirigida por Francisco Ichaso, Juan Marinello, Alejo Carpentier y Jorge Mañach, *Social* había sido prácticamente la única voz de la vanguardia en Cuba (Lobo y Lapique, 1996: 111),[5] incluyendo su aspecto político. El año anterior al inicio de *Fantoches* fue uno de grandes cambios: Machado había tomado el poder y ya para diciembre de ese año, 1925, mostraba sus fauces en la represión del movimiento sindicalista y el asedio a los izquierdistas, especialmente a Julio Antonio Mella, que protestó con una huelga de hambre (Nieves,1993:139). En este contexto nace el Grupo Minorista, un grupo de jóvenes intelectuales, encabezados por el poeta, abogado y activista político Rubén Martínez Villena que, como secretario de Fernando Ortiz, estaba al corriente de sus estudios, y cuyo liderazgo político del grupo es indiscutible. Integrado en su mayoría por izquierdistas, el grupo, que también incluye algunos conservadores, se reúne inicialmente en el café Martí desde 1920; luego se aglutinan en la redacción del *Fígaro,* y finalmente forman tertulias literarias y políticas los sábados en el Hotel Lafayette (Romero, «Gestación»).[6] Para 1923 ya habían protagonizado la Protesta de los Trece,[7]

---

5   «... it [*Social*] acted as well as a vehicle of cultural renewal [...]To that end, the magazine emphasized the importance of new art forms and contemporary artistic doctrines, above all in literature» (Lobo y Lapique, 1996: 129)

6   Rubén Martínez Villena alude a la historia del «grupo pequeñista» en el capítulo VIII de *Fantoches*, donde aparecen los nombres de sus integrantes y allegados con distorsiones mínimas (el crítico Carpe, Roque Larrauring, Marín Helo, Ramal Bayer, el Dr. Magnack, Ibar Zabala, Rosellón, Martín Vilena, Hernando Ortez, Henry Jerpa) (71).

7   La Protesta ocurre el 18 de marzo de 1923: «Al acto asistiría el Secretario de Justicia del gobierno que encabezaba Alfredo Zayas, Erasmo Regüeiferos, que recientemente había avalado con su firma la compra por parte del estado, a un precio exhorbitante, del Con

primer hito en la politización de los intelectuales que integran el grupo. Dolores Nieves, basándose en Ana Cairo (1978:37; 116,118) propone que los cuestionamientos estéticos en *Social* por parte de los minoristas, y específicamente *Fantoches 1926,* demuestran que la vanguardia artística y política en Cuba no se inicia en 1927 con la *revista de avance*, sino que la precede por cuatro años y culmina con esta novela colectiva por entregas (Nieves,1993:141).

Aunque la improvisación colectiva es el mecanismo más obviamente vanguardista de la novela, que sigue las pautas sentadas en *Les champs magnétiques* de André Breton y Philippe Soupault de 1921, y las famosas colaboraciones de Max Ernst y Paul Eluard, *Le bonheur des immortels* y *Répetitions*, ambas de 1922, la irrupción de un elemento insólito (el bilongo) por obra y gracia de Hernández Catá en el capítulo VI refleja un impacto más profundo del pensamiento vanguardista europeo, y especialmente del surrealismo incipiente. Maurice Nadeau señala:

> Al surrealismo lo consideraban sus fundadores no como una nueva escuela artística, sino como un medio para el conocimiento de regiones novedosas, que hasta el momento no habían sido sistemáticamente exploradas: el subconsciente, lo maravilloso, el sueño, la locura, los estados de alucinación. Si a esto se agrega lo fantástico y lo asombroso (...), tenemos en una palabra, el reverso de la concepción lógica. El objeto final será la conciliación de los dos campos hasta ahora antagónicos en el seno de una unidad total, primero de los hombres, y luego de estos y el mundo. (Nadeau, *Historia del surrealismo*: 41; en Nieves, 1993: 142)

El *Manifiesto Surrealista* de 1924, redactado principalmente por André Breton, codifica y canaliza diversas corrientes vanguardistas de las dos primeras décadas del siglo veinte. Su diferencia radical respecto a Dadá y otros movimientos que lo precedieron consiste en un mayor compromiso político y una acentuada militancia contra el racionalismo decimonónico y su actitud condescendiente hacia las culturas no-europeas. Ya en 1907 la incorporación de elementos africanos en *Les demoiselles d'Avignon* de Picasso había dado muestra del interés en otras formas de mirar y representar que pronto se definirían en la

---

vento de Santa Clara, acto que había concitado la repulsa popular, pues escondía un negocio fraudulento. Los jóvenes penetraron en el paraninfo de la Academia de Ciencias y cuando Regüeiferos se disponía a hacer uso de la palabra para rendir tributo a la invitada, Rubén Martínez Villena se levantó de su asiento, y junto con él el resto de sus amigos, y pronunció un breve discurso en el cual denunció la firma, por parte del citado funcionario, del decreto que legalizaba la mencionada compra, que constituía una escandalosa malversación». (Romero, «Protesta de los Trece»).

corriente de «negrofilia» estudiada por Petrine Archer-Straw (2000),
y por Anke Birkenmeier (2006) en su estudio sobre Alejo Carpentier.[8]
Algunos de los minoristas, afrancesados por sus años de estudio y residencia en París, y sin duda Hernández Catá, habían tomado conciencia de este fenómeno cultural que desde 1906 se había mani-
festado paralelamente en Cuba con los estudios de Fernando Ortiz y
en los Estados Unidos desde 1919 con la filosofía de WEB Du Bois y
los escritores del Renacimiento de Harlem.[9]

En su estudio sobre la literatura detectivesca en Cuba Stephen
Wilkinson establece una conexión entre la introducción del elemento
afrocubano en el capítulo VI, «El hilo rojo», por parte de Hernández
Catá y los antecedentes en la cultura cubana de la representación de
los negros como brujos o delincuentes. Wilkinson (2006: 83-84) se refiere específicamente al filme *La hija del policía, o en poder de los ñáñigos* (1917) de Enrique Díaz Quesada en el que se reflejan las ideas
de la época hacia la cultura afrocubana, que invariablemente se representaba como una amenaza y un elemento de «atraso cultural».
En este aspecto, la estrecha relación de Martínez Villena con Fernando Ortiz constituye un aspecto crucial en la reacción de los minoristas ante el tema, ya que Ortiz, al iniciar el escrutinio del elemento
africano en la cultura cubana con *Los negros brujos* (1906), establece
un nexo entre el hampa afrocubana y el ñañiguismo o rito abakuá (ver
di Leo, en Font y Quiroz, 2008:42-52). Aunque Ortiz en los años
treinta modificará drásticamente sus conclusiones, la asociación inicial

---

8   Respecto a la influencia africana en las artes europeas del principio del siglo veinte, Robin
     Moore opina: «The model of artistic appropriation established by Picasso, Stravinsky
     and others a decade earlier required no familiarity with the original contexts and me-
     aning of non-Western expressions. To the avant-garde, African culture represented a
     stylistic system that could be used to diversify existing Western traditions; they never in-
     tended their work to be a celebration of 'otherness.'» (1997: 194). Petrine Archer-Straw
     (2000), sin embargo, alega que las vanguardias francesas ven las culturas africanas como
     una alternativa a las culturas desgastadas de Europa.

9   Del 19 al 21 de febrero de 1919, WEB Du Bois organiza un Congreso Panafricano en
     París que llegaría a tener importantes repercusiones entre los escritores de la diáspora
     africana en todo el mundo. Entre los asistentes figuraban estudiantes africanos residentes
     en Europa, así como artistas e intelectuales de los Estados Unidos y el Caribe. El tema
     del Congreso era hacer patente ante el mundo la unidad cultural de la diáspora africana,
     así como los temas comunes en todas sus diversas manifestaciones geográficas. Otro tema
     seminal de la conferencia fue la enorme importancia de los elementos africanos que de-
     finen los rasgos culturales esenciales de las sociedades postcoloniales con un marcado
     componente africano de las perspectivas culturales de los antiguos colonizadores eu-
     ropeos (Cobb, 1979: 3-4). Aunque la «negrofilia» de algunos minoristas educados en
     Europa se deriva principalmente de las vanguardias francesas, es imposible excluir el
     probable impacto de este congreso tanto en los intelectuales franceses como en los esta-
     dounidenses del Renacimiento de Harlem, cuyas ideas impactaron a Guillén a través de
     Langston Hughes en los años treinta. Ver también Moore (1997:194), y Kutzinski (1987).

de lo afrocubano con la delincuencia por parte de uno de los estudiosos más serios del tema tuvo consecuencias que perduraron sin duda hasta la escritura de *Fantoches* veinte años más tarde.

En su análisis de la novela, Wilkinson alude a la interpretación de Armando Cristóbal Pérez (1993:133-137), según la cual la reacción ante el elemento africano que introduce Hernández Catá provoca la exacerbación de las discrepancias inherentes a los minoristas, y relaciona la virulencia del prejuicio contra los afrocubanos con la filiación político-cultural de cada autor contribuyente (Wilkinson, 2006: 90-93), alegando que la reacción ante el tema afrocubano es más intensamente negativa en escritores como Mañach, Hernández Catá y Lamar Schweyer, quienes pronto se separarían del grupo y seguirían un rumbo conservador (Wilkinson, 2006:93). Aunque, en efecto, *Fantoches* es una especie de radiografía que diagnostica la futura trayectoria política de sus autores, no creo que la intención principal de Hernández Catá en ese momento hubiera sido reiterar posiciones conservadoras, sino explorar las «regiones novedosas, que hasta el momento no habían sido sistemáticamente exploradas» (según Nadeau) de forma análoga a los «negrófilos» franceses, desde una perspectiva más literaria y artística que etnográfica o etnológica como lo hiciera Ortiz, y de paso *épater le bourgeois cubain*, así como lo hiciera Picasso con el público francés al incluir elementos africanos en *Les demoiselles d'Avignon*, lanzando un tema polémico ante un público cuyo rechazo del mismo era visceral, autodefensivo y basado mayormente en la ignorancia.[10] Sin embargo, a diferencia de los negrófilos franceses, cuya observación era distante, idealizada y relativamente neutra,[11] Hernández Catá no puede evadirse de las connotaciones y prejuicios con que se percibía el mundo afrocubano en la Cuba de su época, y por lo tanto su representación de los ñáñigos (a diferencia de la que hiciera Carpentier al año siguiente en *Écue-Yamba-O*)[12] adolecerá de lugares comunes y contradicciones.

---

10   La cuentística de Hernández Catá siempre se enfocó en las penumbras de la psiquis: los amores obsesivos, la sexualidad transgresiva, la locura; *Fantoches* se ubica a mitad de camino entre su colección de 1920, *Cuentos pasionales*, y la de 1931, *Manicomio*, en que el escritor se adentra en las zonas de la psiquis no antes exploradas por la narrativa cubana. Rosa Cabrera, por su parte, señala a Guy de Maupassant como una de las influencias cruciales en su formación como cuentista (1).

11   Green (2000: 235), no obstante, señala las ambivalencias del público francés, que tendía a distinguir entre un África «asimilable» (la del norte, semejante a ellos pero con costumbres exóticas) y otra «inasimilable», la central y occidental, caracterizada como salvaje e ingobernable. La percepción de lo afrocubano, para los artistas de la época, quedaba a mitad de camino entre ambas.

12   En su prólogo de 1975 a la re-edición autorizada de *Écue-Yamba-Ó*, Carpentier detalla

Eran estos los años en que Cuba había abierto sus puertas a una masiva inmigración de españoles[13] con el expreso propósito de «blanquear la raza» y equilibrar la balanza racial que se había inclinado (peligrosamente según el criterio de la burguesía) hacia lo africano con el advenimiento de más de 700,000 esclavos durante el siglo XIX, cuando Cuba hereda de Haití el papel de productor principal de azúcar (Sublette, 2004: 160).

El tema del elemento africano como parte integrante –y para muchos decisiva– de la nacionalidad cubana tenía hondas y tortuosas raíces. Los esclavos libres habían desempeñado un papel importante en las guerras de independencia de Cuba, principalmente en la de 1895, cuando la antigua aristocracia oriental y camagüeyana que había instado a sus antiguos esclavos a rebelarse con promesas de participación en una futura sociedad había muerto en la Guerra de los Diez Años. Alejandro de la Fuente (2001:66-91) detalla el complejo panorama que conduce a la fundación del Partido Independiente de Color por parte de Evaristo Estenoz en 1906 y la sangrienta revuelta y peor represalia de 1912 que le sigue.[14] De acuerdo con Wilkinson (2006: 92), las inmigraciones masivas de españoles, en gran parte de zonas rurales, van a exacerbar esta tendencia ya acendrada de rechazo a la influencia africana en la cultura de Cuba. Consuelo Naranjo Orovio, en una charla en el Bildner Center de CUNY, señalaba la masiva inmigración de españoles a Cuba durante la primera mitad del siglo 20, principalmente gallegos y canarios, bajo la política de «puerta abierta» a la inmigración española para «restablecer el balance racial.»

---

su observación directa de los ritos que describe: «La secuencia del *rompimiento* ñáñigo se debe a lo apuntado por mí en ceremonias a las cuales asistí en compañía de Amadeo Roldán, cuando trabajábamos en el texto y la música de los ballets de *La rebambaramba* y *El milagro de Anaquillé* («Desde entonces esas cuestiones se estudiaron a fondo, pero, dentro de un tratamiento que no aspira al rigor científico, lo descrito, en sus líneas generales, responde bastante exactamente a la realidad») (Carpentier, 1982: 20). La representación minuciosa que hace Carpentier del mundo ñáñigo contrasta con las descripciones esquemáticas de los autores de *Fantoches 1926*, incluso las de Martínez Villena que glosan la obra de Ortiz.

13   Naranjo Orovio, charla en el Bildner Center, CUNY:15 de abril, 2010. Casi todos estos inmigrantes venían de zonas rurales y jamás habían tenido contacto con las culturas africanas, que temían tanto como desconocían.

14   Por su parte Wilkinson, basándose en Thomas (1971: 514), señala que «According to Estenoz, blacks had made up 85 per cent of the liberating army of the War of Independence but had been 'rewarded' with the implementation of segregationist and prejudicial policies, some imported from their Northern neighbour, that resulted in a widespread discrimination. This perception was exacerbated by the government policy of encouraging immigration from Spain that resulted in an influx of white settlers competing for jobs who had no knowledge of black people or their African ways» (2006: 92).

Al atribuirle el crimen a la maldición centenaria de una reina carabalí para vengar el asesinato de su pequeño hijo por parte de las abuelas de Rosa y su amiga Gloria, Hernández Catá lleva el relato a un territorio no inicialmente planeado por Carlos Loveira, autor del primer capítulo, ni por los cuatro narradores que le siguen, enfocados en las instancias de «modernidad» que caracterizaban la cultura cubana de los años veinte. Ahora, el juez Rodríguez de Arellano, que investiga el caso, penetra un mundo ya antes develado por Ortiz:

> Rodríguez Arellano fue presentado a una mulata achinada que «echaba bilongo» y preparaba saquitos de brujería; y por esta a un chino viejo al que fueron a buscar a un fumadero de la calle de La Salud. Del chino pasaron a manos de un negro casi mudo, que los llevó a casa de un cantador de sones con el que hicieron un viaje a Regla, último baluarte de los ñáñigos. Poco a poco, siempre disfrazado, en medio de un esfuerzo a la vez pueril y eficaz para borrar los rastros, iba penetrando en un mundo desconocido de pasiones oscuras, de ritos milenarios, al mismo tiempo grotesco y terrible, con ídolos deformes y puñales certeros. En cada nuevo eslabón era preciso un juramento. Y la casi terrorífica atracción de aquel mundo primitivo incrustado en la civilización de Occidente era tan fuerte, que el interés profesional ya apenas existía.[...] Todo era oscuro, oblicuo, legendario, vil, sensual en aquel mundo de secretos culpables. (*Fantoches*, 50)

Esta cita, aunque esquemática y estereotipada, muestra una fascinación por «lo desconocido» a mitad de camino entre el interés por lo exótico de los negrófilos franceses y el enfoque etnológico, casi clínico, de los primeros estudios de Ortiz. Se anticipa por un año a la primera versión de *Écue-Yamba-Ó*; por dos años a los ballets de tema afrocubano *La rebambaramba* y *El milagro de Anaquillé*, de Alejo Carpentier, Alberto Alonso y Amadeo Roldán[15]; por varios años a la poesía negrista de Ballagas, Tallet y Guillén, y a las pinturas «negristas» de Carlos Enríquez y Rafael Blanco (que ilustra el capítulo VI de *Fantoches*). El desconcierto ante el tema se refleja en las ilustraciones del capítulo de Hernández Catá, por Gustavo Botet, y el de Arturo Alfonso-Roselló, por Rafael Blanco. Ambos ilustradores reaccionan con aparente desorientación ante la perspectiva de representar un ritual que les resulta ajeno: Botet escoge enfocarse en el as-

---

15   Ver nota 7.

pecto más conocido de la cultura afrocubana, la música y el baile, mientras que Blanco, más incisivo, yuxtapone en sus dos ilustraciones las dos decapitaciones del relato: la de la negra Mónica, cuya cabeza cercenada yace en el piso, y la del juez Rodríguez de Arellano, flotando en lo alto en alusión a la pesadilla del relato.[16]

El capítulo de Hernández Catá, y la polémica que le sigue, apuntan hacia la integración del tema afrocubano en las manifestaciones de la alta cultura cubana que ocurriría en la década de los treinta. La travesura vanguardista del autor (y de paso, su excusa para no mostrar en mayor detalle un mundo que desconoce) consiste en dejarnos en ascuas al terminar el capítulo alegando que «Lo que vio el licenciado Rodríguez de Arellano no lo sabrá nunca más que aquél que lea el folletín próximo» (*Fantoches*, 52). Travesura doble, ya que el encargado de escribir el folletín próximo, Capítulo VII, «El charco sangriento», era uno de los integrantes más conservadores del grupo: el joven periodista Arturo Alfonso-Roselló, quien añade a la trama el doble asesinato de la negra Mónica, nieta de la reina carabalí y guía del juez en el mundo secreto de los ñáñigos, por decapitación, y el del propio juez, por envenenamiento, en un aparente intento de soslayar el reto lanzado por Hernández Catá, y de evadir la descripción de un mundo que tampoco conoce en detalle.[17] El lector, por lo tanto, se queda sin saber qué fue lo que vio el juez Rodríguez de Arellano en su incursión a Regla. Es necesario pasar a los próximos capítulos para retomar el tema.

El capítulo VIII, «Vulgaridad absurda y cómica (De como un personaje gris dio nombre a este relato)», escrito por Rubén Martínez Vi-

---

16   A diferencia de los textos ilustrados a posteriori por un artista ajeno a su génesis y desarrollo, el libro surrealista aúna textos e imágenes de artistas estrechamente asociados, uno que trabaja con palabras y otro con elementos visuales, que comparten un canon estético o ideológico. La colaboración se vuelve la esencia misma del canon surrealista, rechazando la relación mimética de la imagen frente al texto y negándose a facilitar una paráfrasis del mismo (Ver Hubert 1988). Cabe señalar la participación activa de ilustradores como Acosta, Blanco y Hurtado de Mendoza en el Grupo Minorista. Por su parte, Luz Merino Acosta observa que para las vanguardias el texto y la imagen forman una interrelación «que se expresará también en los libros, textos ilustrados que propician un espacio de confluencia entre sentido y postura creadora [...] portadora de ideales renovadores que se aprecian en la tipografía, el cromatismo y una nueva manera de representar» («Guillén: Imagen» 73).

17   Años más tarde, al publicar su novela *Tres dimensiones* en Barcelona en 1972, Alfonso-Roselló aún se referiría a las religiones afrocubanas como síntomas de «atraso», a pesar de que ya para entonces los estudios de Ortiz y Cabrera las incluían como un importante componente de nuestro acervo cultural. Al referirse a la formación de la protagonista, Delia, el narrador apunta que la misma «Nunca fue a la iglesia. Cultivaba, en cambio, fetiches ñáñigos y creía en 'Changó' y 'Yemayá', a los cuales encomendaba la solución o aminoramiento de sus problemas» (60).

llena, es, según la editora, «sin discusión, el mejor de todos» (Nieves, 1993:80). Nieves añade que Rubén, «en una actitud plenamente vanguardista, escribe sobre lo que quiere y como quiere» y afirma un poco hiperbólicamente que «hay en este capítulo una absoluta ruptura, no sólo con el discurso narrativo precedente, sino con todo el discurso narrativo de la novelística cubana anterior» (Nieves, 1993: 148-149). Tras un breve intento de encadenar su capítulo al de Alfonso-Roselló, Martínez Villena ubica al caballero con «cuello de jirafa triste»[18] en un café donde lee la confesión del secreto del juez. Acto seguido, dejando en suspenso la trama policial, emprende una digresión acerca del substrato social en el que se inscriben los hechos:

> Pero La Habana, por desgracia, es así, tal como es, pésele a quien le pese. No es posible arrancarle su condición de puerto, su situación de encrucijada, su cosmopolitismo, su inmigración viciosa, sus recovecos propicios, su mezcla de razas, su sol de fuego, todo ese enmarañamiento diabólico de factores y circunstancias que es aquí, entre nosotros, el tablero en que se desarrolla el tenebroso juego del amor y el odio (*Fantoches*, 68).

No contento con sus propias digresiones, acude a una extensa glosa de la obra de Fernando Ortiz[19], y concluye:

> ¡Cuánto dio, cuánto impuso a la raza blanca el esclavo africano! Porque la esclavitud estableció de todos modos una convivencia material (Hernando Ortez lo explica en sus libros). Así injertó sus idiomas y dialectos en el castellano, asimiló sus divinidades al santoral de Roma y traspasó al blanco, con el cual cruzó su sangre, sus caracteres físicos: su color, debilitado en la mezcla, la fuerza muscular adquirida en la vida sana, natural y libre, la armonía de la línea, ganada en los ritos religiosos de la danza [...]Hoy vive entre nosotros, en la ciudad civilizada, la raza esclava de ayer: sus religiones bárbaras, su fetichismo ingenuo, sus ritos antropofágicos, sus agrupaciones sectarias, han sido compartidos por el blanco y moral y mentalmente viven dentro del mismo blanco civilizado de hoy, bien por contagio, bien por imperio hereditario de una ascendencia que se ignora o se niega. Basta de charla catedrática (*Fantoches*, 69).

La inclusión de elementos ensayísticos en una narración policíaca

---

18   «El personaje gris» al que alude Martínez Villena es «un caballero largo, huesoso, con un pescuezo enhiesto de jirafa triste» (*Fantoches* 63), que Arturo Alfonso-Roselló incorpora al final de su folletín como testigo de la muerte del juez Arellano y usurpador del sobre con la confesión de su secreto, extraído de un bolsillo de su americana, muy a la Edgar Poe.

19   Dolores Nieves relaciona las glosas de «Hernando Ortez» con textos de *Los negros brujos* (1905) y *Los negros esclavos* (1917), pero subrayando que es Rubén quien escribe (1993: 149;150, nota 20).

constituyen para Dolores Nieves «una novedad y originalidad tales que nos atrevemos a afirmar que estamos ante el primer relato netamente vanguardista de toda nuestra narrativa» (1993: 148). Martínez Villena concluye su digresión con una lista de los vicios y excesos que se observan en La Habana: «Hay, en fin, todo lo que debe tener una capital CIVILIZADA». Como un vicio más, añade la peña literaria de los minoristas (denominados «pequeñistas»), y procede a una descripción burlona de sus actividades y sus integrantes, identificados con seudónimos transparentes (Mañach = Magnack; Loveira = Boleira; Roselló = Rosellón; Hernández Catá = K.Atá), rompiendo así las fronteras entre el espacio real y el espacio narrativo. Finalmente, el hombrejirafa envía el sobre con la confesión al «Dr. Magnack» y se eclipsa no sin antes proferir el epíteto de «¡Fantoches!» contra los «pequeñistas». Al negarse a adelantar la trama del policial y lanzarse en una digresión minuciosa sobre el afrocubanismo, Rubén se distancia de aquellos minoristas que consideran el tema como materia lúdica o caricaturesca, y de paso los interpela llamándoles «fantoches», o títeres, de las modas literarias del momento. El capítulo XIX, a cargo de Enrique Serpa, cercano a Rubén y solidario de su ideología, recalca esta división ya patente entre los minoristas con una demoledora caracterización del «Dr. Magnack» (»abogado, fiscal, periodista, pintor, académico, pequeñista y católico, apostólico y romano» y se venga de la creciente hostilidad entre Mañach y Villena atribuyéndole a aquél un nuevo crimen, el de una prostituta llamada Paulette Bodeler (¿Baudelaire?) a la que frecuentaba, descarrilando aún más la trama inicial.[20] En el capítulo X, Max Henríquez Ureña finalmente devela el contenido de la carta póstuma del occiso, donde el mismo atribuye el crimen a una venganza de los descendientes de la reina carabalí, en medio de las peores invectivas contra los ñáñigos que habían apa-

---

20   Dolores Nieves apunta «Después de esto (y junto con todas las otras sabidas causas, desde luego), ¿puede extrañarnos que al año siguiente estalle la polémica entre Rubén Martínez Villena y Jorge Mañach?» (1993: 152). La polémica había comenzado cuando Mañach sugiere que los elogios a la poesía de Rubén responden a su ideología y no a sus méritos literarios. Rubén responde: «Yo destrozo mis versos, los desprecio, los regalo, los olvido: me interesan tanto como a la mayor parte de nuestros escritores interesa la justicia social» (*La Habana Elegante*, 1999). Boris Leonardo Caro (2005) cita otro fragmento de la respuesta de Rubén: «Si yo hubiera escrito un libro —no en versos pulidos, sino en números poéticos y ásperas verdades— demostrando la absorción de nuestra tierra por el capitalismo estadounidense, o las condiciones míseras de la vida del asalariado en Cuba, quizás aceptara y hasta pidiera que se editara por suscripción popular». Dado lo acérrimo de la polémica, que había comenzado en 1925, no es de extrañar que Enrique Serpa, amigo y aliado de Rubén, haga una caracterización tan despectiva de Mañach, y que el propio Rubén en su capítulo tilde a los minoristas de «fantoches». La polémica completa aparece en Cairo (1979).

recido hasta el momento en la novela[21], pero atribuidas al juez Arellano, en un aparente intento de mantenerse al margen de la polémica entre Mañach y Villena, que estallaría dramáticamente en 1927.

Los dos capítulos restantes, a cargo de Roig de Leuchsenring y de nuevo Loveira, ponen punto final al tema candente y devuelven al folletín su aspecto lúdico y trivial. Estos dos últimos capítulos regresan a la novela el ambiente de «modernidad» de los primeros cinco capítulos donde se recrean las ostumbres, maneras de vestir y hablar, y donde encontramos una especie de catálogo de los nuevos hoteles, cines y tiendas de moda que habían surgido en el primer cuarto de siglo de vida republicana, y que incluyen el propio Hotel Lafayette, centro de reunión de los minoristas. [22] La polémica, sin embargo, alrededor de estas «dos Habanas» continuaría más allá de las páginas de *Social*, y se discerniría en la pronta ruptura del grupo, en polémicas sucesivas que darían origen al Manifiesto del Grupo Minorista en 1927, y en los caminos que seguirían los integrantes del disuelto Grupo en sus respectivas trayectorias: Lamar Schweyer se hace solidario de Machado; Rubén abandona las actividades literarias para concentrarse en el movimiento obrero y la organización de huelgas, una de las cuales provoca el derrocamiento de Machado; Mañach se integra al ABC; Carpentier parte hacia París tras su encarcelamiento por Machado, y así sucesivamente.

En víspera de los ochenta años de su publicación, Imeldo Álvarez observaba que

> Fantoches 1926 expresa una época. Los objetivos de los *minoristas* eran denunciar la hipocresía y la corrupción de un sistema, combatir las injusticias de una sociedad, mostrar las causas de por qué campeaban la banalidad, la ausencia de conciencia patriótica, la memoria histórica, la necesidad de una actitud digna, ética, consecuente con «la patria que los padres nos ganaron de pie», como expresara Rubén Martínez Villena en su «Mensaje Lírico Civil». (*Cubarte* 2005)

---

21   «No debemos ver nunca, en un delito cualquiera de brujería, la acción independiente y voluntaria de dos o tres individuos que la justicia logra identificar: detrás de ellos está una organización disciplinada y fuerte, y sólo cuando la hayamos destruido dejarán de ocurrir en Cuba hechos semejantes» (*Fantoches*, 86).

22   El Hotel Lafayette , en O'Reilly y Aguilar, constaba de cuatro plantas y una cúpula. Fue obra de la firma Albarrán y Bibal y se había inaugurado en 1919 (De las Cuevas Toraya 2001:225).

Fantoches 1926 constituye una obra única, mosaico de las corrientes intelectuales y estéticas en un momento crucial de las artes y letras cubanas, cuando las vanguardias europeas y los movimientos socio-políticos autóctonos se conjugan para producir el tipo de alquimia que resultaría en la obra madura de los escritores, compositores y artistas de los años treinta: Alejo Carpentier, Nicolás Guillén, Amadeo Roldán, Alejando García Caturla, Gonzalo Roig, Carlos Enríquez, Eduardo Abela, Rafael Blanco, Marcelo Pogolotti, Wifredo Lam.

Esta edición se basa en la novela original publicada por entregas mensuales en la revista *Social* a lo largo de 1926. Agradecemos las copias de los frágiles originales a Marcos Amaro de la Biblioteca Pública de Nueva York. Hemos reproducido las ilustraciones y los ornamentos tipográficos al principio de cada capítulo y al final del capítulo VII. Se han hecho mínimos cambios en cuanto a la actualización de la ortografía, principalmente en lo que respecta a la acentuación de monosílabos y a la homogenización de ciertos nombres cuya acentuación varía de autor en autor (Báyer, Larráuring). En algunas ocasiones, hemos corregido como erratas ciertas variantes ortográficas que no parecen tener una función especial («vendabal» por «vendaval»; «Brocadero» por «Trocadero»). Cambiamos «Folletín moderno por doce escritores cubanos» a «Folletín moderno por once escritores cubanos» ya que Carlos Loveira escribe el primer capítulo y el último.

FUENTES

Ades, Dawn. 1989. *Art in Latin America: the Modern Era. 1820-1980*. New Haven: Yale UP.

Álvarez García, Imeldo. «El Grupo Minorista y la novela *Fantoches 1926*». *Cubarte*. 26 de enero 2005. http://www.cubarte. cult.cu/paginas/actualidad/columna.detalle.php?id=127 82&id_columna=GLOSAS%20Y%20CRITERIOS

_____. «*Fantoches 1926:* la primera novela policial cubana». *Cubarte*, 11 de mayo 2007. http://www.cubarte.cult.cu/ paginas/actualidad/opinion.detalle.php?id=4873

Archer-Straw, Petrine. 2000. *Negrophilia. Avant-Garde Paris and Black Culture in the 1920's*. New York: Thames & Hudson.

Birkenmaier, Anke. 2006. *Alejo Carpentier y la cultura del surrealismo en América Latina*. Madrid: Vervuert.

Blanc, Giulio V. «Enrique Riverón on the Cuban *Vanguardia*: An Interview.» *Cuba Theme Issue. The Journal of Decorative and Propaganda Arts*. 22 (1996): 240-253.

Bouffartigue, Sylvie. «El agua en la roca: fuentes de la novela histórica en   Cuba». http://dialnet.unirioja.es/servlet/fichero_articul o?codigo=2316784 Agosto 10 2010.

Braham, Persephone. 2004. *Crimes Against the State, Crimes Against Persons. Detective Fiction in Cuba and Mexico*. Minneapolis/London: U of Minnesota P.

Cabrera, Rosa M. «Símbolos y claves en Hernández Catá». Centro Virtual Cervantes. http://cvc.cervantes.es/obref/aih/pdf/ 09/aih_09_2_056.pdf Marzo 17 2011

Carpentier, Alejo. 1982. *Écue-Yamba-O*. Madrid: Alfaguara, 1982.

Cobb, Martha K. 1979. *Harlem, Haiti and Havana. A Comparative Critical Study of Langston Hughes, Jacques Roumain, and Nicolás Guillén*. Washington, D.C.: Three Continents.

Cairo, Ana. 1979. *El grupo minorista y su tiempo*. La Habana: Editorial Ciencias Sociales.

CARLOS LOVEIRA ● GUILLERMO MARTÍNEZ MÁRQUEZ ● ALBERTO LAMAR SCHWEYER ● JORGE MAÑACH ● FEDERICO DE IBARZÁBAL ● ALFONSO HERNÁNDEZ
CATÁ ● ARTURO ALFONSO-ROSELLÓ ● RUBÉN MARTÍNEZ VILLENA ● ENRIQUE SERPA ● MAX HENRÍQUEZ UREÑA ● EMILIO ROIG DE LEUCHSENRING

Camnitzer, Luis.2003. *New Art of Cuba*. Austin:U of Texas P.

Carbonell y Rivero, José Manuel.1928. *Las bellas artes en Cuba*. La Habana: Siglo XX. http://ufdc.ufl.edu/CA01200031 /00001/58j

Caro, Boris Leonardo. 2005. «La decisión del poeta». *Cuba Literaria*. http://www.cubaliteraria.cu/articulo.php?idarticulo=11 147&idseccion=31&skin=2 July 10, 2010.

Cuba Literaria. «*Social*». http://www.cubaliteraria.cu/monografia/ social July 5, 2010.

De la Fuente, Alejandro.2001. *A Nation for All. Race, Inequality and Politics in Twentieth-Century Cuba*. Chapel Hill: U of North Carolina P.

De las Cuevas Toraya, Juan. «Obras para el turismo en Cuba». http:// varaix.mit.tur.cu/Catalogo%20Hotelero/warehouse/Ob ras%20para%20el%20Turismo%20en%20Cuba.pdf

_____. 2001. *500 años de construcciones en Cuba*. La Habana: Chavín.

Eburne, Jonathan. 2006. «On Murder, Considered as One of the Surrealist Arts: Robert Desnos in the Shadow of Jack the Ripper.» En Barnet, Marie-Claire (ed. and introd.); Robertson, Eric (ed. and introd.) and Saint, Nigel (ed. and introd.). *Robert Desnos: Surrealism in the Twenty-First Century*. Oxford: Peter Lang: 187-202.

Font, Mauricio and Alfonso Quiroz. 2005. *Cuban Counterpoints. The Legacy of Fernando Ortiz*. New York: Lexington.

Gold Levi, Vicki and Steven Heller.2002. *Cuba Style: Graphics From the Golden Age of Design*. New York: Princeton Architectual Press.

González Echevarría, Roberto. 1977. *Alejo Carpentier. The Pilgrim at Home*. Ithaca: Cornell UP.

González Rivero, Alberto. «La caza del Príncipe». *Sagua Viva*. 10 de octubre de 2009. http://saguaviva.blogspot.com/ 2009/10/la-caza-del-principe.html . Marzo 10 2011.

Green, Christoper.2000. *Art in France. 1900-1940*. New Haven: Yale UP.

Hall, Mordaunt. Movie Review: *Puppets* (1926). *The New York Times*, June 21, 1926. http://movies.nytimes.com/movie/ review?res=9A04E3DC1F30EF3ABC4951DFB066838 D639EDE. March 17, 2011.

Hernández, Ana María. «The United States in the Poetry of Guillén.» In Brenda Greene, ed. and intro. *The African Presence and Influence in the Culture of the Americas.* Newcastle upon Tyne (UK): Cambridge Scholars Publishing, 2010: 25-32.

«Homenaje a Rubén Martínez Villena». *La Habana Elegante* (1999). http://www.habanaelegante.com/Summer99/Villena.htm July 20, 2010.

«Hotel Sevilla». http://www.thecubaexperience.co.uk/hotels.asp?id=8. April 15 2011.

Hubert, Renée R. 1988. *Surrealism and the Book.* Berkeley: Berkeley UP.

Johnson, Eric y Sarita Streng. 2011. *La salsa cubana.* Documental. 12th *Havana Film Festival in New York.* 9 April 2011.

Keirns, Aaron J. 2010.*America's Forgotten Airship Disaster: The Crash of the USS Shenandoah.* Howard, Ohio: Little River Publishing:33-40.

Kutzinski,Vera.1987. *Against the American Grain. Myth and History in William Carlos Williams, Jay Wright and Nicolás Guillén.* Baltimore: Johns Hopkins UP.

Lobo Montalvo, María Luisa y Zoila Lapique Becali. «The Years of Social.» *Cuba Theme Issue. The Journal of Decorative and Propaganda Arts.* 22 (1996): 104-131.

«Luis Alfredo López Méndez». *Colección de arte.* http://www.bcv.org.ve/blanksite/c3/colecarte/lopez_index.htm

Mañach, Jorge. «Vanguardismo». En Nelson T. Osorio.1988. Ed., prólogo,notas. *Manifiestos, proclamas y polémicas de la vanguardia literaria hispanoamericana.* Caracas: Ayacucho:222-229.

Merino Acosta, Luz. 1999. «Guillén: Imagen Editorial». En María Rubio Martín, ed. *Palabras para Nicolás Guillén.* Universidad de Castilla-La Mancha: 73-82.

_____. 1993. «Las ilustraciones en *Fantoches 1926*». En *Fantoches 1926.* Prólogo de José Antonio Portuondo. La Habana: Capitán San Luis:155-163.

Moore, Robin D. 1997. *Nationalizing Blackness. Afrocubanismo and Artistic Revolution In Havana, 1920-1940.* Pittsburgh: U of Pittsburgh P.

Nadeau, Maurice. 1945. *Histoire du surréalisme.* Paris: Éditions Du Seuil.

Naranjo Orovio, Consuelo. «Cuba and Spain: From Colonial Masters to Immigrants: Spaniards in Cuba in the 20th Century.» April 15, 2010. Bildner Center for Western European Studies. http://web.gc.cuny.edu/dept/bildn /events/ConsueloNaranjoOrovio.April15.2010.shtml

Nieves Rivera, Dolores, ed. 1993. *Fantoches 1926.* Prólogo de José Antonio Portuondo. La Habana: Capitán San Luis.

_____. 1993. «*Fantoches 1926*: una novela vanguardista», en *Fantoches 1926.* Prólogo de José Antonio Portuondo. La Habana: Capitán San Luis: 139-153.

Orovio, Helio. 2004. *Cuban Music From A to Z.* Durham, NC: Duke UP.

Osorio T., Nelson. 1988. Ed., prólogo,notas. *Manifiestos, proclamas y polémicas de la Vanguardia literaria hispanoamericana.* Caracas: Ayacucho.

Portuondo, José Antonio. 1993. «Prólogo». *Fantoches 1926.* Ed. Dolores Nieves Rivera. La Habana: Capitán San Luis.

Rodríguez, Eduardo Luis. 2000. *The Havana Guide. Modern Architecture 1925-1965.* New York: Princeton Architectural Press.

Rojas, Rafael. 2008. *Essays in Cuban Intellectual History.* New York: Palgrave McMillan.

Romero, Cira. «El Grupo Minorista». *Cuba Literaria.* http://www. cubaliteraria.com/monografia /grupo_minorista/memoria 1.html

Sublette, Ned.2004. *Cuba and Its Music.* Chicago: Chicago Review Press.

Taylor, Joshua.2008. *Dita and the Family Business.* Documentary. New York: Supreme Productions.

«The Girdle Story Part III: All Rubber Designs» http://www.dollhousebettie.com/index.php? option=com_myblog&Itemid=80&lang=en&show=The -Girdle-Story-Part-III.html. Abril 22 2011.

Wilkinson, Stephen. 2006. *Detective Fiction in Cuban Society and Culture.* New York: Peter Lang.

FANTOCHES 1926

FOLLETÍN MODERNO POR ONCE ESCRITORES CUBANOS

He venido a despedir a la chiquita...
Dibujo de Massaguer

CAPÍTULO I. EL AUTOMÓVIL DE LA MUERTE

Por CARLOS LOVEIRA[1]
Ilustraciones de CONRADO MASSAGUER[2]

LFONSO CARTAYA LLEGA AL MUELLE DE LA P AND O con todos sus lujos espejeantes al sol de la clara mañana tropical: el Cadillac recién esmaltado, el traje de purísimo hilo blanco, el solitario de cinco y medio quilates, los amarillos cortebajos con tacones para hombre diminuto.

Apenas le ha indicado al *chauffeur* –uniforme de khaki y escudo de la República en la gorra– el sitio donde debe esperarle, oye una voz conocida que le dice:

—¡Cartayita! ¿Qué hay?

—¡Hola, capitán!

Y Alfonso Cartaya, sonriente, presuroso y ya con la diestra extendida, va hacia la persona que le ha saludado: un rubio, corpulento y rasuradísimo oficial, con el rostro y la actitud en afectuosa bienvenida.

Al darle la mano al que llega, el oficial le pregunta ansioso:

—¿Te embarcas?

—¿Yo? ¿Con este dril número cien?[3] Si no es para Regla o Guanabacoa...

---

1   CARLOS LOVEIRA (1882-1928) era en 1926 uno de los novelistas más destacados del período republicano o neocolonial. Entre sus obras más conocidas figuran *Generales y doctores* (1920) y *Juan Criollo* (1927).

2   CONRADO MASSAGUER (1889-1965) fundador de la revista *Social* e ilustrador de sus cubiertas y caricaturas, fue un caricaturista autodidacta e importante promotor de la modernidad en las artes plásticas cubanas. Según Romero, «las portadas de *Social* fueron portadoras de los amplios códigos formales y visuales de la vanguardia plástica y ellas constituyen, sin dudas, un aporte valioso a la estructuración del arte moderno en Cuba en el campo de la ilustración». La ilustración que hace Massaguer de la chica del muelle es consistente con la imagen de la «Massa-girl» representada en *Social*: elegante, moderna y coqueta.

3   «Dril número cien»: traje blanco de lino que se usaba en Cuba para soportar los calores estivales, pero que no encajaba en latitudes nórdicas. Massaguer muestra a *Cartayita* enfundado en un traje de dril cien con sombrero de jipijapa –la manera de vestirse para ocasiones veraniegas. Las ilustraciones de Massaguer para el capítulo inicial –así como las portadas que creara para la revista *Social*– crean un ambiente de frivolidad que se mantiene hasta el sexto capítulo, cuando Hernández Catá altera el rumbo del folletín.

—No; porque con quitártelo a bordo, despúes de buscar conquista para el Pullman.

—No, chico. No. En todo caso tú. ¿Te embarcas?

—¿De uniforme?

—¡Hombre! De veras.

Ríen los dos instantáneamente y *Cartayita* dándole a su brazo derecho, posición y fuerza de brazo de boxeador, empuja al oficial hacia una despoblada esquina de la entrada al muelle, para un discreto aparte:

—He venido a despedir a la chiquita.

—¿Cuál?

La muchacha está bien de piernas.
Dibujo de Massaguer

—¿Cuál va a ser? La única a quien puedo despedir a la vista de todo el mundo. Mi novia... (¡Ejem, ejem!) Se embarca con su hermana.

—Y el marido de su hermana, presumo.

—No. Se queda, por desgracia. Y menos mal que se le va la señora. Si no, me la iba a encontrar, constantemente, en el club, en Fausto[4], en el *roof* del Sevilla[5] y hasta en la sopa.

—Bueno. ¿Pero se puede saber de qué se trata?

—Ahora no. Deben estar al llegar. Además, esto se llena por momentos, y somos gente conocida. Después hablaremos, Es decir, si puedes. Que todavía ignoro a qué vienes al muelle.

—Figúrate. A lo que venimos los no viajeros: a envidiar.

—¿Se va algún jefe tuyo?

—El Coronel Mendoza. Va a Washington con la familia, a estudiar no recuerdo qué. Y medio cuartel viene a cumplir el consabido deber de cortesía,

—O de otra cosa criolla acabada en ía.

—Sí, humanamente...

Y el militar sonríe y alza un tanto los hombros, con mundana displicencia.

—Pues, compadre –dice *Cartayita*–. No puedes imaginar el susto que me has dado. ¡A que este también ha escogido el día de hoy, para embarcar a Lola! Fue lo primero que pensé al verte. ¡Calcula! Estas mujeres, amigas de *roof*, juntas. ¡Ni la catástrofe del Shenandoah![6]

—Pues no. Ya hablaremos.

---

4   Aparentemente se refiere a una encarnación anterior del cine-teatro Fausto, en el Paseo del Prado 201 esquina a Colón. Reconstruido en 1938 en estilo Art Deco, según el diseño de Saturnino Parajón, el Fausto se vio eclipsado por Radiocentro y otros cines más modernos en los años cincuenta.

5   El Hotel Sevilla, en Trocadero 55, diseñado en estilo neomorisco por el arquitecto José Toraya e inaugurado en 1908, era muy popular entre las nuevas clases adineradas que celebraban bailes y fiestas en el mismo. Entre sus famosos visitantes figuraron Enrico Caruso, Merle Oberon, Gloria Swanson, José Raúl Capablanca, Lola Flores, Ted Williams, Libertad Lamarque y Hugo del Carril. Entre 1923 y 1924 se construye una ampliación en estilo Renacimiento (muy criticada por desentonar con el estilo neomorisco del resto del edificio) que le da entrada por el Paseo del Prado, respondiendo al incremento del turismo estadounidense en Cuba tras la adopción de la «Ley Seca» en 1920 que prohibió la venta de bebidas alcohólicas en los Estados Unidos. El *Roof Garden* que aquí se menciona fue parte de esa ampliación y ya contaba con gran popularidad entre la nueva clase adinerada (De las Cuevas Toraya «Obras para el turismo»: 8-10).

6   «La catástrofe del Shenandoah» se refiere al dirigible de la armada estadounidense, lanzado en 1923, que se destruyó el 3 de septiembre de 1925 al pasar por un área de turbulencia sobre Ohio. 14 tripulantes fallecieron y 29 sobrevivieron la tragedia (Keirns 2010:33-40). La mención del desastre sirve para crear un ambiente ominoso al principio del folletín.

E indicando dos máquinas que llegan rápidas, estrepitosas, con carga de viajeros y maletas, agrega:

—Mira. Ahí puede venir lo que esperas. Vete, y búscame después de la salida del barco.

—Sí. Abur.

El capitán da media vuelta, y va a engrosar un cercano grupo de oficiales, a la vez que *Cartayita* parte, en línea divergente hacia el sitio donde, entre las inquietas manchas azules de los policías y la multicolor turba de vociferantes maleteros, los automóviles continúan descargando viajeros y equipajes.

Es en verdad día de extraordinario movimiento en el muelle de la línea de La Florida.[7] Empieza marzo, y gran número de rezagados turistas escapan del incipiente calorcito criollo, mezclados con las avanzadas de los cubanos bilingües, que se atreven a esperar la primavera resistiendo los helados vientos del Hudson. Hombrones de seis pies y medio, con gorras y medias escocesas, a grandes cuadros; desgarbadas guajiras sureñas, con la Kodak en ristre y seis magazines debajo de un brazo; gesticulantes tropicales, que van sudorosos de un lado a otro, en el ajetreo de las despedidas y los encargos inevitables; locuaces jovencitas, de escotes y bracitos al aire, que contrastan la negrura de las melenas esponjadas con los claros colores de los vestidos ceñidísimos e inquietan a los hombres con el trepidar de las caderitas, apretadas por anchos cinturones; estatuarias treintonas que traen al conjunto una ola de masculina admiración, sin necesidad de un exagerado taconeo, para estremecer las turgencias del pecho, las caderas y las pantorrillas; todo ello constantemente apretujado, arremolinado, por la afluencia de nuevos viajeros y acompañantes, y el cruce incesante de cargadores, que reparten encontronazos y goterones de sudor, al pasar con racimos de cajas, paquetes, abrigos y maletas.

—¡Uf! ¡Qué calor! ¡Qué lata!

Exclama *Cartayita*, ya medio perdido entre la multitud, e impaciente por la tardanza de sus viajeras. Tuerce el brazo para consultar el reloj de pulsera, consultado cinco, dos, un minuto antes. Continúan afluyendo automóviles. En uno, inmenso, llegan el orador político Jiménez Guerra y su familia, que seguramente vienen a despedir a las

---

7   El pasaje a continuación detalla el turismo de ida y vuelta entre La Habana y la Florida: los norteamericanos que van a Cuba como «Holiday destination», y los cubanos que van a la Florida para presumir de su prosperidad y «modernidad».

mismas personas que *Cartayita* espera, ávido, nervioso, preocupadísimo. De una gran máquina, bajan el delgado y minúsculo Coronel Mendoza y sus ruidosas mujer e hijas. De un Ford, sale un turista largo, nudoso y encorvado, como una cañabrava, y provisto de un *Sunday paper* para todo el viaje. De un nuevecito Chevrolet, emerge una bien hecha pierna, con medía color de carne, que fugazmente recorta sus bellas líneas sobre el flamante charolado negro. No es pierna que *Cartayita* se sepa de memoria. Aparece otra máquina, con una muchacha en el asientito delantero. ¡Tampoco es ella! E inmediatamente otra máquina. Dos. Otra más. ¡Y nada!

—Lo que es tu gente, si no se apura...

Es el capitán, que está detrás de *Cartayita*, y le habla más para llamar la atención de una hermosa muchacha, sentada, con el vestido por las rodillas, en un cercano banco de espera, que por interés en el asunto del hombrete vestido de blanco. La muchacha está muy bien de piernas, y se las ciñe, impecablemente, con una finísimas medias color *flesh*, que deja entrever el vello, como los hilos de seda de un rubio billete de cien *dollars*. *Cartayita*, con todo y su desazón, y no obstante la causa que la motiva, exclama, criollamente:

—¡Cuidado, capitán! Te veo con un piropo en los labios, y están prohibidos.

—Yo no necesito hablar con la boca, Hablo con los ojos.

La muchacha tiene a bien sonreír, estirarse el vestido y volver el rostro.

Y el capitán, ya camino de la seriedad, le dice a su interlocutor:

—La conozco de vista. Nos presentaremos, si quieres. Va al *roof*. ¡Pero, la gente esa se ha quedado dormida!

Se echa a la cara el reloj de pulsera, y agrega:

—Las diez menos cuarto. El vapor sale a las diez.

—Sí. Ya, aunque lleguen ahora mismo, creo que vuelven para su casa, o se van sin equipaje.

Se suman al grupo, el tribuno de profesión, su mujer, sus hijas, y otras llamativas damas, y un señor todo movimiento.

—Oiga, Cartaya. ¿Rosa y Conchita no estarán a bordo?

—No. Imposible. Yo he venido muy temprano.

—¿Y no lo habrán dejado para otro día?

—¡Qué va! Me habrían avisado, con tiempo.

—Pues, se quedan en tierra.

—¡Se quedan!

De esto son todos los indicios. El muelle casi ha vaciado los viajeros en el *Cuba*. Los acompañantes vienen de regreso. Por allá avanza, de retirada, el amarillo manchón de los militares que acompañaron al Coronel Mendoza hasta la misma escalerilla del vapor. Este comienza a estremecerse por el trepidar suave y acompasado de la hélice, en sus ensayos preliminares, y en seguida brota, a popa, una circular alfombra de espuma, que cabrillea al sol, ya en ardor y claridad meridianos.

Se tira de un automóvil, con su maleta, un viajero retrasado. Le salen al encuentro dos llorosas señoras medio enlutadas. Besándose, se despiden:

—¡Apúrate! ¡Cablegrafía desde el Cayo![8]

—¡Buen viaje, hijo!

—¡Adiós!

—¡Adiós!

Una de las hijas del orador le dice a *Cartayita*:

—Y usted ¿por qué no llama por teléfono?

—Sí. Aunque sea para saber qué les pasa. Vaya. Mire. Por aquí. Corra —corean todos, casi empujándole en dirección a las oficinas de Aduana.

Cuando *Cartayita* va a medio camino, y los otros comentan el lance, bulliciosamente, la sirena conmueve el aire con un quejido poderoso, y en seguida suena la campanilla de a bordo, llamando a los no viajeros a la escala.

En torno del Capitán se agrupan amigas y amigos, todos agitados, todos afanosos de ratificar, diez veces sus vehementes afirmaciones, ilustradas con ejemplos, de que Rosa y Conchita se quedan. Unos empleados, de gorra y botones, con vivos dorados, se acercan a avisar que el vapor está al desprenderse del muelle, de un minuto a otro. Mientras se les aclara lo ocurrido, el *Cuba* da un corto y significativo aviso de sirena, y los acompañantes se alinean a la orilla del muelle, para el clásico e imprescindible aleteo de pañuelos, en el instante oportuno, ya muy próximo.

---

8   Key West o Cayo Hueso, primera parada de los «ferries» con destino a la Florida, se conocía simplemente como «el Cayo».

En este último minuto de esperanza, sale *Cartayita* de las oficinas de Aduana, con el pajilla en la mano; el paso largo, rapidísimo; los negros ojillos, sensacionalmente agrandados, y esta exclamación, a toda voz:

—¡Dice la criada que salieron hace como veinte minutos!

—Pues deben estar al llegar.

—Lo más que puede tardarse una máquina, desde el Vedado, es eso: veinte minutos.

—¡Las pobres! –exclama una muchacha.

—¿Y no querrán esperarlas un momento? –pregunta otra, paseando la criolla mirada dominadora por los hombres circunstantes, en clara e imperiosa insinuación.

Tanto, que es instantáneamente aceptada. Parten hacia el vapor los de las gorras y los botones dorados, seguidos del orador y el capitán. *Cartayita* va a plantarse en el adoquinado de la entrada; a avizorar aquel sucio escampado vorazmente: la cabeza en alto, las manos en la cintura, toda la nerviosa figurita empinada en la punta de los pies.

Regresan fracasados el orador y el capitán. El grupo decide esperar unos rilinutos más, de todos modos, a los viajeros frustrados. El capitán se reúne con *Cartayita*, para comunicarle la inutilidad del esfuerzo realizado y comentar el caso. Vuelve el último al teléfono, y ratifica la exactitud de la anterior comunicación. De nuevo se reúne con el capitán en el sitio donde antes estaban. Y mientras ya se oyen gritados adioses y se ve el consabido, frenético agitar de pañuelos, de los que parten y los que se quedan, dialogan, solos y de pie, los dos hombres.

—Estoy asustadísimo –dice *Cartayita*–. Me he estado temiendo que, a la hora de la partida, Rosa se resistiera a embarcarse. O la resistieran; que todo es posible, y a juzgar por las señas... Porque esto de que, a mujeres, se les vaya un barco, tiene miga.

—No. ¿Por qué?

—Porque sí. Bien sé lo que me digo. Esto es grave. Gravísimo para mí. Yo tengo que embarcar a esta mujer. Y eso, por lo pronto; como principio de un programa, que después veré cómo acabo de trazar.

—¿Para?

—Pues, calcula tú. Para lo lógico. Creo llegada la hora de romper con los sentimentalismos y las ridiculeces de la juventud, si quiero pasar a un mayor escenario de actividades y probabilidades. Y Rosa no sólo no me conviene para el porvenir, sino que ya me está estorbando el presente. Tengo que optar entre ella y la hija del General Reguera. El corazón me dice (y perdóname el ridículo) que estoy enamorado de Rosa –me lo ha dicho mientras he urdido lo del viaje, y estos días últimos, y ahora mismo; pero el sentido práctico; el sentido moderno, me dice que debo ir directamente a la hija de Reguera, e ir sin propiciar el chance de que se me atraviese uno por el medio, y hasta lo peor: que el hombre se resienta. Yo, chico, me he decidido por la política, como sabes, desde los veinte años; tengo treinta, y en ese mundo de afanes enfermizos, de sucias intrigas, de picardías y toda clase de renunciamientos morales, he aprendido que el político inconscientemente se hace una segunda naturaleza. La segunda naturaleza de toda profesión. Es, y no puede ser más que político. Eso soy yo. La política se me ha puesto por encima de todo otro interés; hasta de la más humana inclinación personal. Así, debo hacerme la idea de que Rosa es sólo un caso de juventud boba, de romanticismo fiambre. ¡Vaya! Un capricho. Y con cemento armado me he fabricado la tal idea. Aunque el capricho sea algo más hondo y de más dolorosa extirpación. Pero yo, chico, necesito quedarme en la Cámara; mantener los seis mil votos de la cabecera, y los que me dan el número uno en la boleta provincial. E indudablemente el General sigue siendo el hombre de la provincia. Y te lo digo con franqueza, ya que somos primos, aunque nunca nos vemos; yo necesito ser senador, y hacerme abogado, y para serlo tengo que no soltar al hombre. Nada de él. Ni la red de secretos, intereses, compromisos, influencias; de todo el caciquismo absorbente, que tiene extendida por aquella región; ni su poder incontrastable entre los muñidores electorales de La Habana; ni su hija. Y en cuanto al parentesco de ella con Rosa, y a que Sergio esté por medio... ¡psh!

De repente *Cartayita* se detiene en su discurso, y exclama:

—¡Espérate! ¡Ahí vienen!

Cruzándose con dos o tres máquinas en retirada, la negra y barata limousine del cuñado de Rosa, llega rapidísima, dando breves tumbos, como un bote motor, que cruzase la propincua bahía inquieta, a toda velocidad. Y más, porque, rarísimamente, viene la máquina con todas las cortinas corridas.

Se detiene la limousine. *Cartayita* se lanza a abrir la portezuela, y... grita espantado:

—¡Rosa! ¡Rosa!

Rosa está sola en el automóvil; tirada en el asiento posterior del vehículo, como un sangriento pelele: el tronco doblado sobre los cojines; los ojos entreabiertos y aún brillantes; el labio inferior, torcido, en horrible mueca; un fino zapato gris, tinto en la sangre que todavía corre media abajo, empapándola, y encharcando el piso de la máquina; al que ha caído, como una flor tronchada, un rojo sombrerito de viaje.

Cartayita y el *chauffeur*, se lanzan al interior de la limousine, y comienzan por apartar, afanosos, aturdidos, hacia un rincón, los bultos de viaje, que estorban; algunos con manchas de sangre y huellas de violento pisoteo.

—¿Qué es esto? ¿Cómo usted no lo ha visto hasta ahora? –anhelante interroga al *chauffeur*, *Cartayita*.

—¡No sé! Pero ¿está muerta? ¿O sólo herida?

—¡Vamos a ver!

Y mientras ven, el *chauffeur* continúa:

—Pero, si yo creía que Sergio venía con ella. La señorita Conchita y don Julio, se bajaron en la Manzana de Gómez[9], a hablar por teléfono con la Compañía, porque veníamos tan atrasados. Y Sergio me dijo que siguiéramos.

—¿Pero se quedó él?

—¡Ah! No sé. Me lo dijo desde la acera, y yo, con el apuro, creí que había subido.

Llega el capitán. Y el *chauffeur* de *Cartayita*. Y tres o cuatro guardias. Y toda la gente que está en el muelle y sus alrededores. Se forma el natural barullo. Las mujeres, lamentosas, gesticulantes, alarmadísimas, quieren que las dejen acercarse, mezclándose con *chauffeur*s, aduaneros y cargadores. Estos resisten en oleadas los empujones de la policía. Entre tanto, *Cartayita* y el *chauffeur*, inútilmente llaman a Rosa, la palpan, la sacuden, por todas partes, en busca de las heridas;

---

9   «La Manzana de Gómez», construida entre 1890 y 1910 por Andrés Gómez Mena según los diseños de Pedro Tomé y Veracruisse, fue la primera galería comercial de estilo europeo en Cuba. Entre 1916 y 1918 se le añaden cuatro pisos a la primera planta, con ocho ascensores, dos por cada calle. Ocupa la manzana bordeada por las calles Neptuno, O'Reilly, Zulueta y Monserrate (De las Cuevas Toraya 2001).

comienzan a zafarle las ropas, ciegos y enloquecidos por la dolorosa y espantosa sorpresa. Les estimula, y a la vez les entorpece, el contacto con las blancas y macizas carnes de la muchacha, que aún tienen calor de vida.

Hasta que los clubs de los policías, secundados por los ruegos del capitán y la airada actitud de *Cartayita*, ya en representante bravo, imponen el orden, a amigos y curiosos, y así hacen posible la única decisión sensata:

—¡Vámonos, con ella, a Emergencias! ¡En seguida!

Y dirigiéndose a su *chauffeur*, *Cartayita* le ordena:

—¡Síguenos!

Cartayita, el capitán y un policía, quedan dentro de la limousine. Al lado del tembloroso, consternadísimo *chauffeur*, se sienta otro policía. A pesar de que ya, repetidamente, con el que les va a acompañar, *Cartayita* ha hecho valer su condición de congresista, y el capitán la suya de militar, para que no les moleste con prematuras averiguaciones, el añiloso guardador del orden, apenas entra en el automóvil, se permite insistir por última vez:

—¿De modo que ustedes no quieren decirme qué sospechan? ¿Ni si puedo ser útil, ganando tiempo e alguna forma? ¿Cómo es que esa señorita venía...

—¡Hágame el favor de callar! –violentísimo le interrumpe *Cartayita*.–Vamos a atender a esta infeliz, antes que nada. Que aún no se ha enfriado, ni se le ha detenido la sangre completamente.

Le indica las piernas de la pobre muchacha, el enorme y desatentado capitán, y hace que se las recoja y las mantenga en alto, mientras él, frenético en la búsqueda de heridas, acaba de desgarrar las ropas mojadas en la hemorragia: una faja de goma y una rosada combinación, de seda Jersey.[10]

Y al arrancar violento el auto *Cartayita* le ordena imperioso al aún no sometido policía:

—¡Vamos! ¡Ocúpese de que su compañero deje volar al chauffeur! ¡Por Egido! ¡Y luego, por Monte o Dragones! ¡A Carlos III, en cinco minutos![11]

---

10   El inventario de instancias de «modernidad» en los primeros capítulos de la novela incluye la ropa interior de Rosa: las fajas de goma recién se habían inventado en los años veinte (por el *corsetier* Paul Poiret para su amiga la bailarina Irene Castle, según la leyenda) para sustituir las fajas rígidas con varillas de ballena. La fibra sintética de jersey sustituye la seda y el algodón en la ropa interior femenina («The Girdle Story»).

11   La trayectoria de *Cartayita* sigue las calles principales de La Habana Centro.

CAPÍTULO II. EL POEMA ETERNO DEL AMOR QUE NACE

Por GUILLERMO MARTÍNEZ MÁRQUEZ[12]
Ilustraciones de JOSÉ MANUEL ACOSTA [13]

OMO LA MAYOR PARTE DE LOS PUEBLOS PEQUEÑOS DE CUBA, el poblado de Yaguaramas[14] se recuesta sobre la carretera que viene de lejos, muy lejos, de la capital acaso, y sigue indefinidamente, sabe Dios hasta dónde. Al pasar, la carretera presta su nombre a la calle principal y alinea hasta un centenar y medio de casas de madera. Apenas si tiene Yaguaramas un par de callejuelas transversales, de una cuadra de longitud a lo sumo. Cada vez más espaciadas hasta llegar al campo, en estas callejas se levantan las casuchas de los más pobres. Según se avanza por la rúa central, a la izquierda se abre la blancura fresca y sombreada de un parque. Rodean al parque los mejores edificios del municipio: la iglesia, pequeño y modesto templo de pueblo pobre, con la cruz de su campanario como una flecha en tensión hacia el cielo; la Colonia Española y Liceo, manteniendo su legendaria rivalidad en opuestos lados de la plaza; el Ayuntamiento, instalado en un edificio colonial y ruinoso; el cine, con su portal interrumpido de policromados cartelones, que tres veces a la semana alternan sus colorines con los trajes de fiesta de las muchachas; la Farmacia, modesta adaptación mercantil de una residencia particular, y dos o tres casas más de los potentados de la localidad.

Una de estas casas es la del Alcalde. Don Casimiro Curbelo –el Alcalde–, es un señor pequeño y rechoncho, saludable, rojizo, mofletudo y bonachón. Viste siempre de blanco, anda a pasos pequeñitos y apre-

---

12 GUILLERMO MARTÍNEZ MÁRQUEZ (1900-¿?) se dedicó principalmente al periodismo, dirigiendo los periódicos *Ahora* y *El País*.

13 JOSÉ MANUEL ACOSTA (1895-1973), pintor autodidacta que se incorporó a la Protesta de los Trece en 1923 y fue integrante del Grupo Minorista, fue miembro fundador de la Asociación de Pintores y Escultores de La Habana. Destacado por su innovación en el diseño gráfico de corte modernista, fue amigo y colaborador de Alejo Carpentier. En la novela se alude a los dos como «Move-Carpe».

14 Yaguaramas, pequeño poblado en Cienfuegos, se describe como el típico «pueblo pequeño/infierno grande» donde la maledicencia de los vecinos constituye la ocupación central de la comunidad. Su ambiente contrasta con el desenfado habanero del capítulo anterior.

surados, acciona y gesticula que es un contento al hablar, y nadie como él sabe en el pueblo hacer un cuento jocundo o reír una frase feliz. Siempre está contento. Su buen humor es algo tradicional. Por lo demás, todos le conocen, todos le saludan, todos le agradecen una palabra amable o un favor oportuno, todos le quieren como a un padre. Ha sido elegido y reelegido varias veces; tantas, que el pueblo no conoció en la República otro Ejecutivo local. Por rivalidades políticas, la Secretaría de Gobernación le envió una vez un supervisor, y el descontento popular fue tan grande y ostensible, que el mismo militar se retiró, informando a su mandatario lo contraproducente de su gestión. Alguien se atrevió en otra ocasión a lanzar su candidatura frente a la acostumbrada de don Casimiro, y el fracaso se mostró de manera tan definitiva, que el hecho se recuerda como algo ejemplar.

De mes en mes, en una fecha arbitraria, celebra el buen Alcalde en su casa una magnífica fiesta, a la cual concurre lo mejorcito de Yaguaramas. El quinteto que las noches de los domingos ameniza la oscuridad cinematográfica del único espectáculo del pueblo –integrado por los hijos del boticario y el sastre, el sacristán, un aprendiz del hojalatero y un muchacho de años que toca el piano de oído– se traslada a la residencia de la Primera Autoridad. Durante toda la noche los danzadores giran en la espaciosa sala, de blanco piso de mármol. Rodeada de labrados muebles de caoba; en el recibidor, frontero a la sala y tan grande como ésta; en el zaguán; en el comedor, que abre sus medios arcos sobre el traspatio sembrado de plátanos y hasta en el portal, ante la admiración los comentarios a medio tono del resto de la población, que sólo en estos días excepcionales no fraterniza con los elegidos.

En una de estas fiestas se conocieron Rosa Sánchez Acosta y Alfonso Cartaya. Recién llegado al pueblo, en cuyo Ayuntamiento fuera empleado por el General de la Guerra Grande y senador por la provincia Julio Reguera, el joven no conocía más que a sus compañeros de trabajo. El buen Alcalde puso entre sus brazos ansiosos el cuerpo cimbreante de Rosa: el baile hizo lo demás. Simpatizaron; charlaron largamente en una esquina del traspatio a donde no había llegado el cansancio de los invitados, bajo la sombra protectora de un plátano, y en pocas horas se pusieron al tanto de sus vidas convergentes. En la

tarde del día siguiente, Alfonso fue hasta la casa donde residía Rosa,
y allí, en la puerta propicia –ella con un pie sobre el marco, él con un
pie hacia adentro– cambiaron las primeras frases del poema eterno
del amor que nace sin preocupaciones.

El idilio continuó alrededor de la pequeña glorieta del parque; en
las sucesivas fiestas del buen Alcalde; en el cine las noches de moda, y
siempre que la ocasión se mostraba propicia a los amantes. Cuántas
veces la entrada de la casa de don Julio enmarcó luego, en el silencio
de la noche pueblerina, las siluetas de los jóvenes que se confundían
en un estrecho y anhelante abrazo, ante la luz de una lámpara de
aceite-carbón, que desde el comedor, rompiendo las tinieblas de la casa
en sombras, apenas
llegaba extenuada y
oscilante a la calle
dejando sobre el
irregular   pavi-
mento, la imagen
del amor confiado y
avasallador.

Menudearon
después los paseos
al campo. Con la
luz del sol domi-
nical y alegre, salía
de Yaguaramas un
grupo de mu-
chachas y jóvenes,
y algunas mamás.
Con ellos, Rosa y
Alfonso. A veces,
muy de tarde en
tarde, don Julio les
acompañaba
también. Andando, andando, bajo el tibio sol de la madrugada, atra-
vesaban el llano sembrado de palmas, saltaban sobre el riachuelo
cercano, por un puente de madera que crujía amenazadoramente al

paso de los excursionistas, y a media mañana, sudorosos, jadeantes y contentos, entre bromas y risotadas, escalaban lo más alto de una loma, donde la generosidad de unos sitieros amigos y protegidos del Alcalde don Casimiro les proporcionaba un almuerzo sencillo y sano, abundante de platos criollos. En estos paseos, Rosa y Alfonso se separaban de los demás. Poco a poco iban retrasándose, y al llegar al puente, después que los otros se alejaban, gustaban de sentarse sobre el riachuelo, al borde de la ruinosa armazón de maderas semipodridas, las piernas colgantes, los pies casi sobre la superficie del agua, que discurría transparente y presurosa hacia un recodo cercano, donde torcía inesperadamente hacia la izquierda, internándose en unos tupidos matorrales. Durante una hora, acaso más, el tiempo volaba sin medida para ellos. Trazaban entonces bellos proyectos, más bellos cuan más irrealizables; contemplaban la corriente veloz y graciosa como una ilusión en fuga; reían el espanto de algún pajarillo sorprendido de su presencia en aquellos desiertos contornos, y se besaban largamente, ansiosamente, sin los sobresaltos de las veladas nocturnas en la puerta de la casa, con el abandono absoluto del amor confiado y sin recelos, hasta caer a lo largo del puente, confundidos en estrecho abrazo posesorio. Poníanse en pie en seguida, miraban desconfiados a los solitarios alrededores, y en ese momento, mientras ella, ordenaba su peinado revuelto, la voz enronquecida de Alfonso anunciaba: «Vamos. Ya es hora». Y agregaba, mirando la lejanía: «Se nos ha hecho un poco tarde». Así era. Llegaban a la loma cuando ya el almuerzo había terminado, y entonces, como un castigo al buen rato pasado, tenían que sufrir las reconvenciones de Conchita, las amenazas de don Julio, las bromas de todos y las miradas torvas del primo Sergio. Esta actitud reconcentrada y alerta de Sergio era lo que más les molestaba. Y lo peor era que el muchacho se les presentaba a veces en los momentos culminantes de su pasión; por las noches en la puerta de la casa, en las fiestas del Alcalde tras los platanales propicios, y algunos domingos en el mismo puente, cuando más embebidos estaban en sus quimeras e irrealizables proyectos. Decididamente, Sergio los espiaba. Estaba en todas partes; los seguía, y aunque no decía una palabra, su sombra los molestaba sobremanera.

Un domingo la comida terminó sin que la pareja de enamorados hubiera vuelto. Cubrían el cielo plomizas nubes, y los excursionistas decidieron regresar antes de la hora acostumbrada. Apenas si una imprudente señora se había atrevido a murmurar a media voz, durante el almuerzo: «Esos muchachos... »; pero todos temían la actitud de don Julio, cuando llegaron sin Rosa y Alfonso. Nerviosa y con los ojos inflamados de lágrimas, que a ratos, a pesar de sus esfuerzos desesperados, rodaban por sus mejillas, Conchita rezaba maquinalmente y hacía tremendos votos por el encuentro de los extraviados. Sergio, más callado que de costumbre, andaba separado del grupo. De rato en rato volvía, para monologar, con las manos en los bolsillos del pantalón, la cabeza de medio lado y la vista en el suelo, como en una letanía trágica: «Y no aparecen».

Y no aparecieron.

Cuando llegaban a Yaguaramas comenzó a llover a grandes gotas, primero espaciadas, en seguida copiosamente, y los que regresaban tuvieron que refugiarse en una de las modestas casas situadas en las calles transversales del pueblo. Allí permanecieron hasta la caída de la tarde, cuando, al abrigo de unos momentos de calma, se dispersaron por todo el poblado. Sergio había desaparecido, y Conchita, sin saber qué hacer, entró sola y temerosa en su casa. Don Julio estaba en la cama. Padecía el buen señor unas jaquecas tremendas, y la de aquel domingo lo había obligado a refugiarse en su cuarto. No extrañó, pues, la ausencia de Rosa y Sergio. Y cuando ésta volvió, ya de noche, el abrazo de las hermanas en la sala penumbrosa selló el pacto solemne del silencio.

Pero fue inútil. Bien pueden perdonar y callar las hermanas, bien pueden callar solamente los primos: los pueblos, ni perdonan ni callan. Yaguaramas no perdonó a los jóvenes tan fácilmente como Conchita, y la vida a poco se les hizo imposible. En lo adelante Alfonso tuvo que soportar las bromas de sus compañeros de oficina en el Ayuntamiento; murmullos a su paso por la calle; toda clase de indirectas, y hasta algún saludo negado por distintas muchachas. Aquello sobrepasaba todos los límites de lo humanamente soportable. El joven tuvo una extensa y reservada entrevista con el buen Alcalde, y a la mañana siguiente, sin despedirse de nadie, como por sorpresa, partió hacia la capital, donde residía su protector el General Reguera.

Y se inició el rosario de las cartas que llegaban y partían todos los días. Pasaron los meses; pasaron los años, –dos, cinco. Una carta trajo en una ocasión un nombramiento tentador para don Julio. En la misiva adjunta explicaba Alfonso que su posición económica había mejorado de manera notable, y que, como no le era posible volver por el momento a Yaguaramas, había gestionado y obtenido para el tío de Rosa aquel empleo. La familia debía trasladarse inmediatamente a la Habana, que ya el año entrante, con más despacio, quedaría sancionado religiosa y legalmente el amor que naciera una noche de fiesta en la casa del buen Alcalde Don Casimiro.

Una semana más tarde, don Julio, su hijo y sus sobrinas llegaban a la Estación Terminal. El barullo de los maleteros, el miedo a los carros silenciosos que transportaban los grandes equipajes por los andenes interminables, la aglomeración de personas y las proposiciones de los agentes de hoteles, impidieron a la familia Sánchez Acosta reconocer en los primeros momentos a Alfonso Cartaya, que estaba allí, con su secretario particular y su chofer, esperándolos. Quizá contribuyó no poco a esto el aspecto totalmente transformado del joven. Vestía de modo irreprochable, había engordado algo y en sus modales podía apreciarse una distinción especial, que lo separaba completamente del encogido empleado del Ayuntamiento de Yaguaramas.

Pasada la emoción del encuentro, las cosas se sucedieron con rapidez cinematográfica. Don Julio y su familia se instalaron en un hotel, para luego trasladarse al Vedado.[15] Meses más tarde Alfonso Cartaya, –ya conocido por *Cartayita*,– era electo representante, con la protección del general Reguera, que le había cobrado gran cariño. Y un día don Julio se vio, sin saber cómo ni por qué, jefe de una importante sección en un departamento del Gobierno, propietario de un Chalet del Vedado, con cuenta corriente en varias instituciones de crédito y rodeado de toda clase de comodidades.

Rosa y Alfonso seguían sus relaciones, a veces en su casa, a veces en el auto charolado, a través de los repartos en calma, y a veces en la Habana. Sergio no les molestaba ya en lo más mínimo. Todo parecía sonreírles, cuando...

Llegó de los Estados Unidos la hija del General Reguera. Rubia,

---

15   A mediados de la década de los veinte, el Vedado era todavía el barrio elegante que había sustituido al Paseo del Prado como residencia de las personas influyentes en La Habana. La ascendencia de Miramar como el barrio de la nueva burguesía azucarera data de esta época.

desenvuelta, dominante, la joven estaba acostumbrada a hacer su voluntad e imponerla a los demás. Vio a *Cartayita* y simpatizó con él. Lo
invitó a ir a su casa con frecuencia, lo invitó a pasear... y pronto fueron
novios.

El General veía con agrado estas relaciones.

Y desde este momento, *Cartayita* no pensó en otra cosa que en
alejar indefinidamente a Rosa.

CAPÍTULO III. UN PERIODISTA: DOS HIPÓTESIS

Por ALBERTO LAMAR SCHWEYER[16]

Ilustraciones de José HURTADO DE MENDOZA[17]

L A NOTICIA DE QUE LA SEÑORITA ROSA SÁNCHEZ ACOSTA HABÍA aparecido misteriosamente herida en el fondo de su automóvil, unos momentos antes de zarpar para los Estados Unidos, fue dada por teléfono oficial a Ramírez Járquez; Jefe de Información del diario matutino *La Luz*, en los momentos en que Róquez, el fotógrafo, entraba arrastrando sus cadenas deslumbrantes y su humanidad pintoresca, seguido de su menor hijo.

—Coballao –llamó impaciente. Ramírez Járquez[18]– avisa rápidamente al repórter de policía. Dile que salga para Emergencias en donde hay un caso grave. Avisa al subdirector que Rosa Sánchez y Acosta, la hija de Don Julio Sánchez, está herida grave y que le pida a Túller, el cronista social, la fotografía. Todo esto pronto –recalcó el impaciente Jefe de Información– muy pronto, que es la noticia del día.

Y mientras rápidamente tomaba el sombrero e invitaba a Róquez a salir con él, agregó:

—Si mi novia me llama dile que no sé a qué hora terminaré. Ya la llamaré yo, más tarde.

---

16 ALBERTO LAMAR SCHWEYER (1902-1942) fue uno los miembros más controversiales del grupo: firmante de La Protesta de los Trece e integrante de la Falange de Acción Cubana, termina por defender la dictadura de Machado en 1927, provocando el repudio del Grupo Minorista. Se desempeñó como periodista, ensayista y novelista. Su obra *Vendaval en los cañaverales* se publicó en 1937.

17 JOSÉ HURTADO DE MENDOZA (1902-1958), junto con Acosta, Blanco, Carlos y Riverón, se sitúa en la vanguardia de los ilustradores de *Fantoches*. Romero observa: «Hacia 1926 se incorporó el sistema arte decó a la ilustración y sus códigos visuales darán una nueva nota a la revista. La nueva estética, proveniente de los Estados Unidos, revolucionó el mundo de la ilustración y el diseño gráfico y se desarrolló en Cuba casi al unísono que en Norteamérica. Según Merino los primeros síntomas de esta manifestación se observan en los números [de *Social*] del primer semestre de 1926».

18 Martínez Márquez

La nueva de que Rosa Sánchez Acosta había aparecido herida, misteriosamente herida, sola, desmayada, en los momentos de llegar a los muelles del Arsenal, se había esparcido por la ciudad. Sobre la tragedia –tragedia de amor, de celos para la fantasía popular– caían como una lluvia pertinaz los comentarios. En la redacción de *La Luz* el trabajo se suspendió un momento y se tejió por unos minutos el comentario más o menos grotesco. Porque el periodista a fuerza de vivir en trágico, acaba por tener de las cosas una visión grotesca. Nadie compadecía, en verdad, a la linda Rosita. Nadie odiaba al presunto agresor o agresora. Más bien se le agradecía que en el monótono día sin matices y sin escándalo dejara caer, para que después Tulio Solano la bordara afanosamente con un rosario de apuntes sentimentales, la «noticia de siete columnas».

—Porque esto –había advertido al llegar Ramal Báyer[19], el subdirector– es la noticia del día. Observad que es una muchacha conocida a quien hirió la hija de un senador.

—Un momento –interrumpió Orlando Veiga, el jefe de redacción– no hay derecho para sospechar de Gloria Reguera.

—Hay que sospechar de ella –ordenó Ramal Báyer. Mientras la policía no prenda al verdadero agresor, lo interesante es sugerir que puede serlo Gloria Reguera. Una mujer que hiere a otra es cosa de todos los días, pero que la agresora sea hija de un senador no ocurre siempre. La primera es noticia de dos columnas. La segunda es de siete.

—Con un sumario de cuarenta y ocho –comentó Cotayo mientras apuraba la décima copa de ron.

Mientras en la redacción se perdía el tiempo tejiendo comentarios, Ramírez Járquez había llegado a Emergencias. Con él una nube de periodistas cayó sobre las salas silenciosas del Hospital Municipal que ya estaba congestionado de personalidades. Entre ellas, agobiado por la indiscreción reporteril, el General Reguera sostenía el reproche silencioso.

Entre las voces opacas que retumbaban en las blancas paredes sólo una se exaltaba gesticulando. El doctor Román Altigas[20] había reunido en torno suyo a los periodistas. Hombre que por su profesión

---

19   Lamar Schweyer
20   El doctor Román Altigas es Juan Antiga (1871-1939), médico homeópata que frecuentaba las reuniones del Grupo Minorista y era muy popular entre los miembros de la alta sociedad habanera. De origen humilde, llegó a desempeñar altos cargos políticos y diplomáticos a nivel internacional.

–era médico homeópata, hábil manera de no ser homicida profesional– estaba relacionado con todas las clases sociales, habíase enterado prontamente del accidente ocurrido a la hija de su comprovinciano [21] Don Julio, y en el que aparecía comprometida la de su correligionario el General Reguera.

—En este caso especialísimo –explicaba el doctor Altigas– no hay que «buscar a la mujer», como hacen siempre los periodistas. Hay que buscar al hombre. La herida que tiene Rosa es de bala.

—Entonces –interrumpió Ramírez Járquez– ¿dónde se ha metido el proyectil? Además –agregó con tono convencido– tenga en cuenta que no hay huella de pólvora. Y en cuanto a la conclusión de que ha sido un hombre el agresor, por el sólo hecho de que la herida sea de bala, es absurda, doctor, absurda como su método homeopático.

—Es el inconveniente de hablar como hablan ustedes los periodistas. Hay alguien, alguien que no es ajeno a Rosa, a los amores de Rosa y de *Cartayita*, que cuando residía en Yaguaramas pasaba por uno de los mejores tiradores del pueblo.

---

21   El Dr. Antiga era de Yaguajay en la entonces provincia de Las Villas, donde también estaba Yaguaramas.

—Eso quiere decir, amigo Róquez —ordenó Ramírez Járquez— que debe usted buscar inmediatamente un retrato de Sergio, el primo de Rosa. Llame al periódico para que allá, por su parte, lo busquen. Si no lo encuentra, vaya al hotel en donde vive Sergio y róbelo del cuarto. Si no, espérelo en la puerta, de la Judicial, porque a ese lo detendrán dentro de poco.

En aquel momento el Juez de Instrucción abandonaba la habitación en donde Rosa reposaba después de la cura. Como un enjambre, curioso, terrible, inquieto, los repórters rodearon al Juez. Caían las preguntas impacientes. Suposiciones e hipótesis, falsas pistas, datos inexactos, rumores inconfirmables fueron canjeados a cambio de la opinión del Juez. Pero el buen Juez no dijo nada. Acaso a su indiscreción fue una barrera la presencia cercana del General Reguera que hablaba con Don Julio.

Así, cuando Ramírez Járquez llegó a Ja redacción tenía sobre el hecho una idea confusa, menos clara que cuando salió rumbo a Emergencias. El doctor Altigas habíale informado de los amores de *Cartayita* y de Rosa en Yaguaramas, de los celos ocultos, dramáticamente desesperados del primo Sergio cuyo perfil anodino y vulgar se precisaba ya en la tragedia con insistencia. Pero Sergio —se objetaba a sí mismo el periodista— se separó de Rosa en la Manzana de Gómez. No hubo, según declaraba el *chauffeur*, discusión alguna. Gloria Reguera, mientras tanto, no había concurrido aquel día a los terrenos del Country Club [22] a su acostumbrado juego de golf. Esto podía confirmarlo Túller que había almorzado en el Club.

Con la conclusión de Ramírez Járquez estaba acorde el criterio de la redacción en pleno. No cabía duda de que Gloria Reguera no era ajena al drama. Mujer que todos reconocían de carácter fuerte, un poco impulsiva, un poco orgullosa quizá por la posición de su padre, a su impaciencia latina habíase sumado la educación sajona. Sus amores con *Cartayita* eran el resultado de un firme propósito. La definitiva desaparición de Rosa podía serlo también.

De las dos hipótesis, era ésta la más lógica. Además, insinuaba Ramal Báyer, era la más periodística. En su mesa se acumulaban la

---

22   El Habana Golf Country Club ya existía en 1926; en 1928 se construye el edificio principal del Habana Biltmore Yacht and Country Club en la parte oeste de La Habana. En un documental dirigido por su nieto Joshua Taylor, Nena Mañach Goodman, hermana de Jorge Mañach y esposa de Andrew Goodman, heredero de las tiendas Bergdorf Goodman de Nueva York, recuerda que la vida social de la época giraba «alrededor del Country Club, el Yacht Club y el Tennis Club» (Taylor, 2008).

fotografía de Rosa, arrancada de la *Guía Social*; una lujosa fotografía de Gloria, sustraída de la regia mansión del Senador Reguera por la audacia reporteril; un grabado de *Cartayita* que había extraído del archivo el grueso y sonoro Ramón Potú; la fotografía de la máquina en que se desarrolló la tragedia; todo en fin, lo que constituiría la información gráfica del suceso.

El silencio se había restablecido, silencio de redacción, paradójico hecho de la ficción de lluvia de acero de los linotipos, del teclear impaciente de las máquinas, de cortantes llamadas telefónicas, de órdenes presurosas. Silencio que más tarde coronaría el bramar de la sonora rotativa que vomitara periódicos en el reposo fatigoso de la madrugada periodística. Silencio afanoso que enferma, que agota y destruye la juventud de los perseguidores de emoción, andarines que día a día buscan las terribles pistas del dolor y aprenden las enseñanzas ásperas de la ruda vida que lucha y se sofoca fatigosa en la inquietud vibrante de la ciudad sin alma.

En la redacción de *La Luz* todos estaban viviendo la tragedia del Arsenal. La vivía Cotayo, obligado a sugerir el drama en la brevedad de un título de treinta y cinco letras. La vivía Túller, que recordaba la carne dura, fresca, magnífica de Rosa, carne prometedora, entrevista, sentida a través de los finos tules del traje de baile. La analizaba hasta el límite de todas las posibilidades la experiencia de Orlando Veiga, que tenía enredado al teclado de la máquina de escribir todos los fantasmas agobiantes de un pasado sabio y jubiloso como el placer mismo. Todos ponían en la tragedia un poco de dolor emocionado. Todos quizá tenían en el alma una insinuación de perdón. Todos menos Ramírez Járquez, que se complacía, mientras daba al aire la perfumada línea del humo azul de su cigarrillo egipcio, en torturar la pureza de Rosa, insinuando sus desvaríos con *Cartayita*, en desfigurar el perfil de la bravía Gloria hasta lindar con la áspera dureza de la hembra dominadora y ofendida. Y en el silencio lleno de discordancia, la tragedia pesaba.

No había Ramírez Járquez escrito la quinta cuartilla de la sensacional información, cuando una llamada telefónica le hizo interrumpir su trabajo. Hablaba el doctor Altigas. Buen amigo de los periodistas –él también en un tiempo había sido un perseguidor de sensaciones– avisaba a sus amigos de *La Luz* que Gloria Reguera se encontraba en cama, presa de ataques de nervios, sin querer hablar con nadie, inclusive con *Cartayita* que, impaciente y desalentado, esperaba en la sala de recibo.

Triunfalmente, Ramírez Járquez iba a enarbolar el hecho como una confirmación de su fundadísima sospecha, cuando una urgente llamada por «el oficial» le hizo saber que un agente de la Policía judicial acababa de detener a un sujeto de la raza negra[23], de treinta años de edad, natural de Yaguaramas, nombrado Ignacio Peñalver y conocido por el alias de *Sopimpa*. Peñalver había subido a los altos de un café, cerca de la Terminal y allí había permanecido misteriosamente casi tres horas, saliendo unos momentos después de pasar por allí la máquina en que viajaba Rosa Sánchez Acosta.

Surgía, pues, un nuevo y misterioso personaje. Peñalver, cocinero en un tiempo en casa de Don Julio cuando éste residía en Yaguaramas, había cumplido condena por lesiones y varias penas en la cárcel por hurto. Era, según afirmaba la policía, individuo capaz de eliminar a cualquiera si ello le representaba una ventaja, quizá sólo unos pocos pesos.

Pero, aunque la Judicial señalaba a Peñalver como el presunto agresor de Rosa, a Ramírez Járquez la hipótesis, aunque fundada hasta cierto punto, no le pareció aceptable; por lo menos lo suficientemente firme para que Gloria quedara eliminada como presunta inductora o autora material del hecho.

—Peñalver –sugirió Cotayo que presumía de un excelente olfato policíaco– puede ser el brazo ejecutor de la venganza de Gloria.

—Y puede también no serlo –agregó Veiga, provocando con su frase la hilaridad general–. Hay que tener en cuenta que la policía trata siempre de detener a alguien, sea quien sea, la cuestión es adelantarse a los demás en presentar al juzgado un culpable más o menos presunto. La justicia, para ser justa, necesita siempre alguien en quien hacer caer su fuerza. Y sea o no Peñalver culpable, si Reguera tiene interés en que el verdadero culpable no aparezca, tened por seguro que a ese infeliz de Peñalver lo acusan, lo condenan y lo encierran.

—Un momento, señores –reclamó Tulio Solano que burilaba una atormentada crónica impecable– ¿nadie ha pensado en el *chauffeur*

---

23   Stephen Wilkinson (2006:83-84) señala la tendencia en las letras cubanas de la época a asociar la raza negra con actividades delictivas.

de Sánchez? Es realmente sospechoso que no oyera nada, que no sintiera nada ni viera nada. Hay que desconfiar siempre, de esos individuos que estando cerca de las tragedias, son siempre los últimos en enterarse de ellas.

La madeja de suposiciones, fundadas todas o, por lo menos, todas con los mismos visos de posibilidad, se fue complicando. Y avanzaba la hora sin que se perfilara nada concreto, nada que tuviera el refuerzo de una prueba concluyente. Una reclamación imperiosa de material, hecha por Ramal Báyer obligó a todos a curvarse de nuevo sobre las máquinas de escribir. Lentamente, por obligación quizá más que por convicción, en las cuartillas que redactaba Ramírez Járquez la figura de Gloria Reguera se fue precisando, fijando como punto central, mientras en las oficinas de la policía los fotógrafos reportaban la hosca cara del negro Peñalver.

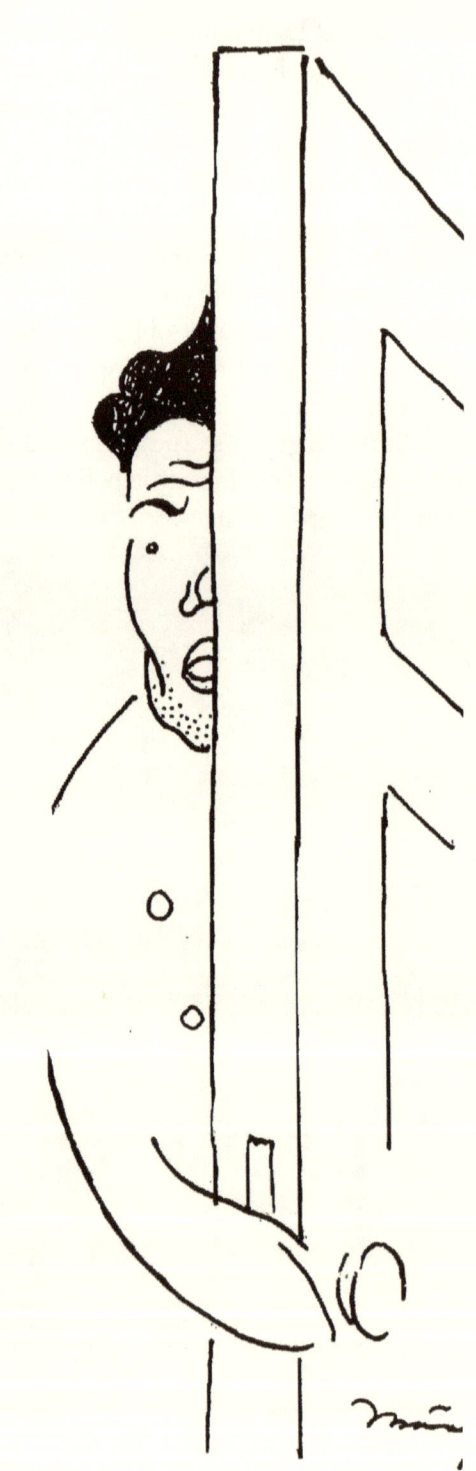

Capítulo IV. Abrid a la justicia

Por Jorge Mañach [24]
Ilustraciones del mismo

D ESDE LA MAÑANITA DEL DÍA SIGUIENTE, la casa del General Reguera en la Calle 23 [25] parecía un jubileo. Hombres de todos
los tipos y categorías tropicales, desde el burócrata raído a
quien el agradecimiento o la calculadora esperanza –especie ésta de
gratitud expectante– habían obligado a poner el despertador una hora
antes de lo habitual, hasta los más logrados specimen de la fauna política, habían acudido a testimoniar a don Pancho su devoción,
siempre «incondicional». A todos, sin embargo, les fue negado en re-
dondo el acceso a la flamboyante morada. El General había dictado
órdenes absolutas en ese sentido, y el criado a quien incumbía el servicio –un granadino de traje blanquísimo e implacable ceceo[26]–, co-
nociendo la tenacidad pugnaz de los amigos del General, casi todos
políticos, se limitaba a entreabrir recelosamente la puerta mientras re-
petía a unos y otros:

—Er Generá no rezibe, zeñó. ¿Tié ojté tarjeta?

Entregábala el que la tenía; los que no, que eran los más, hacían
de todas maneras ademán de buscarla, y cuando venían a acordarse
de que «se les habían terminado», ya el perspicuo andaluz les había
dado suavemente en las narices con la solemne puerta encristalada.

Claro es que ello no ocurría sin protestas. Más de un «representante» o edil de los que gozan y ejercitan orondamente el llamado

24   Jorge Mañach (1898-1961) fue una de las figuras literarias más importantes del período
      republicano. Profesor, ensayista y crítico, autor de *Martí el apóstol* e *Historia y estilo,* es el
      único escritor que ilustra su propio capítulo. Educado en Cuba, España, Francia y los
      Estados Unidos, se gradúa de Harvard en filosofía. En los años treinta es profesor en la
      Universidad de Columbia en Nueva York. De pensamiento conservador, protagonizará
      una acérrima polémica con Rubén Martínez Villena en 1927 que precipitará la desinte-
      gración del grupo.
25   La Calle 23 en el Vedado era ya una zona céntrica de actividades comerciales y cultu-
      rales.
26   El criado granadino refleja la inmigración masiva de españoles pobres a Cuba durante
      la primera época del período republicano; muchos se dedicaban al servicio doméstico.

«derecho de mampara», que es una suerte de patente criolla de libre penetración, se quedaran en la breve escalinata de entrada, ventilando su despecho, hasta convencerse de que ni el mismo General oía allá dentro sus protestas. Entonces se retiraban diciendo su fracaso a los venideros y cambiando con ellos algún comentario especulativo acerca de lo comprometida que aparecía Gloria Reguera en el asunto del Arsenal y lo contraproducente que resultaba educar las hijas en el Norte.

Cuantas veces el Curro pasaba camino de la puerta, frente al despacho del General, atisbábale sentado a su escritorio, puestos sobre él los pies, calzados en antiguas botas de elástico, y extrayendo acuciosas chupadas de su tremendo veguero. A su lado había siempre una tacita de café negro. El penachuelo de cabello blanco que habían popularizado los semanarios satíricos, vibraba ominosamente en los tácitos asentimientos de la meditación.

—El viejo ejtá chivo —se decía para sus adentros el andaluz, que ya había contraído matices del léxico criollo,¡Cuándo rayo se callará ese teléfono! Y por el aparato, que no había cesado de sonar en toda la mañana, se repetían las mismas solicitudes y negativas; hasta que Don Pancho, como Júpiter Olímpico, tronó desde su despacho:

—¡Deja descolgado, Curro! Que se vayan todos a la ...

El criado así lo hizo; volvió a su banqueta de atención, que estaba precisamente frente al teléfono, y desde allí le pareció que éste le hacía señitas patéticas de soborno o de cuita, como un prisionero amordazado. Al General, en tanto, se le oía pasear a grandes trancos por su despacho. Los demás sirvientes se asomaban a la boca del pasillo de entrada, con un aire despavorido, e interrogaban con el gesto al Curro, que por toda contestación enarcaba gravemente las cejas.

Sobre el mediodía el timbre de la puerta sonó con perentoria insistencia. Por el cristal, el Curro vio un hombre bajo y gordo, con una cartera bajo el brazo. «Una cuenta», se dijo; y abrió.

—¿El General Reguera?

—No ejtá en caza.

— ¿Seguro?... Es algo importante. Yo soy el Juez, el Juez Especial que instruye el asunto de la señorita Sánchez Acosta.

El Curro se rascó la cabeza; luego fiel a la consigna, preguntó, para darse tiempo a pensar:

—¿Tié ojté tarjeta?

—No hace falta. Dígale al General[27] que deseo verlo.

—Aguarde un momentillo...

Se oyó un carraspeo bronco del amo, y apenas concedido el «¡Que pase!», el Juez estaba ya en el umbral del despacho. Era un homúnculo calvo, ventrudo, de cejas fabulosamente pobladas, en cuya maraña parecía que se refugiara un desvaído y esquivo mirar. Entró, con esa soltura solemne que adoptan los funcionarios en funciones.

—Ah, ¿es usted, Prida?...

—Le he estado llamando media hora, General; pero no contestaban...

—No sabía que fuese usted el Juez ...

—Esta mañana mismo recibí la comisión... Como usted comprenderá, hubiera preferido... ¡Figúrese!: un asunto tan delicado, tan complejo... Pero el Presidente de la Sala y el Secretario estaban empeñados... Quieren indagarlo todo, removerlo todo, castigar, caiga quien caiga... ¡La rectificación, General!

El veterano emitió desde el pecho un sonido irónico. Luego se le dibujó en el entrecejo una rayita de preocupación. Durante algunos instantes, los dos hombres se miraron, cediéndose tácitamente la entrada al tema. Al fin el Juez abordó:

—Como digo, se trata de un caso tan serio... Concurren en el hecho cir-

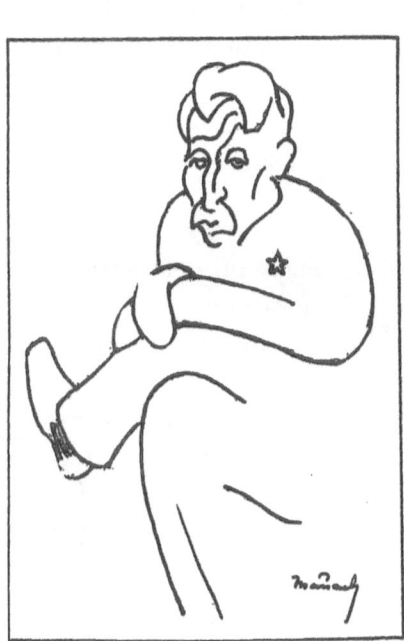

---

27   La caricatura de Mañach del General Reguera muestra una notable semejanza con las fotos de la época del General Enrique Loynaz del Castillo, célebre veterano de las guerras de independencia de Cuba y padre de la poeta Dulce María Loynaz.

cunstancias tan extraordinarias, aparecen indicios tan comprometedores de responsabilidad contra determinadas personas...

—El negro, ¿verdad? –interrumpió afanoso el General.

—¿Qué negro? ¡Ah, ese infeliz Peñalver de quien hablan los periódicos... ¡Qué va, General! Eso es un cuento, una invención de los repórters, que en estos casos siempre se pasan de listos. Sobre todo esa gente de *La Luz*... No haga usted caso.

—Sin embargo –arguyó el veterano– dicen que la Judicial ha detenido al tal Sopimpa. Que se ha comprobado que estuvo cuatro horas acechando. .

—Cuentos, cuentos, General. La declaración del pobre hombre no ha podido ser más diáfana. En los altos de ese café vive una mulata, ¿comprende usted?... El hombre la visita, cuando cobra el mes, todos los meses... La mañana del hecho, al bajar de los altos se fue a tomar una copa a la cantina del café, cosa muy natural... Allí se estaba comentando el suceso que acababa de ocurrir cerca. Y como daba la casualidad que el moreno había sido cocinero de los Sánchez en Yaguaramas, empezó a dárselas de enterado. Le oyeron y...

—Un momento: sabe usted que a ese moreno le tuvo Julio de cocinero hace algunos años, allá en el pueblo, y que tuvo que botarlo porque...

—¿Por qué?

—Por haberse atrevido con una de sus sobrinas, con Rosa precisamente, que era entonces una niña...

El Juez cesó de pasear la mirada por el despacho y escudriñó el rostro del General. Un rubor levísimo montó a la frente del veterano. Prida se sonrió imperceptiblemente, a media comisura:

—¿Está usted –estaría Don Julio– dispuesto a formalizar esa declaración?

El General demoró la respuesta. Al cabo, observó con una trabajada frialdad:

—Amigo Prida: usted sabe que hay ciertas cosas que no se pueden divulgar. Lo que no pasó, la gente lo pensaría. Y la honra de una mujer...

—Pero eso es precisamente lo que se trata de salvar, General, la honra de una mujer. Además, la gente no «hablaría»; está ya hablando, y no por cierto de la señorita Sánchez Acosta solamente... El veterano se puso pálido, bermejo. Dio un soberano puñetazo sobre el cristal de la mesa, y gritó: «¿Qué quiere usted decir?», a tiempo que el Curro, alerta y curioso, insinuaba tras los visillos de la puerta su mandíbula de barba cerradísima. Pero el Juez no se inmutó. Sonrió melifluamente:

—No se me moleste, General... Yo no soy un agente de la Policía judicial, como usted comprenderá... Esto que estoy haciendo, lo hago por cortesía, por amistad a usted, por respeto de su prestigio glorioso, que toda Cuba venera. Si he venido a verle, en vez de citarle al juzgado como la Ley dispone, es porque en algún momento el sumario ha de ser público, y supuse que a usted le interesaría que no todo constase en los papeles...

Por primera vez en su vida, el General advirtió que su poderío de caudillo se hallaba a la defensiva. Y tragó en seco. La idea de un soborno vulgar le cruzó bajo el penacho glorioso. Pero, ¿sobornar para qué? ¿Para esconder qué cosa? ¿No estaba él mismo precipitando los acontecimientos, anticipando temores, acogiendo las insinuaciones sensacionalistas de los periódicos? Es verdad que estos habían puesto en tela de juicio la responsabilidad de su hija Gloria —aquella hija deliciosamente díscola que «hacía de él lo que quería» y era su orgullo y su gozo—; pero, ¿qué convenía más por lo pronto: sofocar violentamente las sospechas acusadoras, o prestarse a esclarecerlo todo, hasta que se demostrase que su hija no había tenido nada que ver con el asunto? En la incertidumbre de estas reflexiones fugaces, una idea se precisó bajo el penacho ilustre: la de que, no importaba cuál fuese la verdad, le interesaba más tener al Juez de su parte que granjearse su enemiga. Y a la invitación que el funcionario le hizo a que hablaran «con franqueza», don Pancho accedió, no sin un leve resabio de orgullo en la voz hecha al mando:

—Por mí...

El doctor Prida tosió, se acomodó, acarició la cartera:

—General —dijo—, el problema a resolver es el siguiente: ¿Quién tenía motivos racionales para querer eliminar a una señorita tan bien quista y de un temperamento tan dulce como la señorita Sánchez Acosta, precisamente cuando ésta se disponía a embarcar para pasar una temporada en los Estados Unidos?

—Sí, señor, sí...

—Usted ha leído los periódicos. Usted no puede ignorar las inculpaciones más o menos explícitas que se le hacen a...

—¿A quién?

—A su hija de usted.

El General reprimió una nueva explosión de cólera, Por vía de desahogo, ensayó una sonrisa sarcástica y subrayó:

—Pero usted mismo ha dicho hace un momento que los periódicos no hacen más que urdir patrañas alrededor de esto. Yo soy rico. . . tengo enemigos políticos... Es una buena oportunidad para el chantaje y el desprestigio partidarista...

—Sí; pero, los indicios, General...

—¿Qué indicios?

—Rosa era novia del Representante Cartaya. Al decir de las gentes maliciosas, algo más que novia... Últimamente, parece que este joven se dedicó a su hija de usted.

—¿Y cree usted que esa sea una razón para que mi hija quisiera eliminar a Rosa?

—Una antigua novia es siempre una rival latente, don Pancho...

—No hasta ese extremo... Además, Rosa y mi hija han sido siempre, desde chiquitas, muy buenas amigas. Se cartearon mientras Gloria estuvo en el Norte. Hay hasta un parentesco entre las dos familias...

—Todo eso se olvida ante el amor... en un momento de arrebato, de obcecación.

—Es decir –replicó el General impaciente– ¿qué quiere usted que mi hija aparezca de todas maneras culpable? ¿No tiene la justicia nadie mejor de quién echar mano? ¿No hay otras personas complicadas en este asunto? ¿Y Sergio? ¿Y el chófer? ¿Y el mismo Sopimpa, para quien usted es tan benévolo?

—General, le repito que yo no estoy acusando a nadie. Estoy sencillamente aclarando y hasta evitando –¿me comprende usted?– evitando malas suposiciones... Me limito a demostrarle que si todo esto constara, si constara, además, la declaración de Claudia.

—¿Claudia?

—La criada de don Julio, que según ha declarado el chófer, hubo de oír unas semanas antes del suceso (y lo comentó en la cocina con los demás criados), cierto agrio altercado que tuvieron su señorita hija y Rosa, en el cuarto de ésta: Desde ayer por la tarde, esa criada ha desaparecido. La judicial no puede dar con ella. Pero el chófer asegura que Claudia oyó que su hija le decía a Gloria: «Si no te quedas en La Habana, te ha de pesar». Que luego hubo un silencio, y en seguida le pareció que Gloria daba un grito sofocado; que entonces, apareció Sergio y la criada no pudo seguir escuchando; pero al salir Rosa, todos vieron que se iba poniendo polvo alrededor de los ojos, como si hubiese llorado... ¿No cree usted que todo esto compromete a su hija?

El General, abrumado, se levantó de su asiento y comenzó a pasear por el despacho con movimientos rotos, irregulares, embistiendo las cosas a su paso. El Juez se arrellanó, volvió a acariciar la cartera y continuó implacablemente:

—Una exploración facultativa más minuciosa que la primera, logró esta mañana extraer la bala, que, como usted, sabe, penetró por la región inguinal. Es una bala de un arma de largo alcance modernísima, hasta el punto de que aquí todavía no se conoce, según aseguran los peritos armeros. Esta circunstancia también, en cierto modo...

La cresta de pelo blanco, tan erecta en los pasquines políticos, se le había desmayado al General sobre el entrecejo, adhiriéndosele a la frente sudorosa. Con los ojos cerrados apretadamente, el viejo escuchaba. Aquel hombre entero, de brava ejecutoria libertadora, aquel «político de machete», como él mismo se decía, tenía su flaco en los afectos familiares. Pero ciertos antecedentes sentimentales hacían que el trance actual pesara doblemente sobre su ánimo. Viudo desde hacía muchos años, había repartido su corazón entre aquella única hija, Gloria, y una esposa ajena. Las dos mujeres se habían odiado cordialmente. Para evitar los ejemplos e incómodas intervenciones filiales él optó por mandar a Gloria a educarse en un colegio del Estado de Nueva York. Pero al cabo de los años feneció el idilio. La hija volvió del Norte hecha una señorita que decía *all right*, fumaba *Pall-Malls*, montaba a caballo y auto; y al General se le caía la baba matándole antojos, espiando senilmente su anterior egoísmo en los desaires de muchacha, y tratando de devolverle, humildemente triplicados, los mimos que antes monopolizara la otra.

Y he aquí que, ahora, esta acusación se le levantaba en el alma, como un índice punitivo. La inculpación que de otro modo no hubiera tolerado, la apariencia que no le hubiera convencido, la verdad misma que hubiera combatido con fiereza, se le presentaban como un castigo metafísico, inevitable, anonadante. Cayó en su butaca, prematuramente vencido; y, por primera vez, alguien vio rodar una lágrima por aquella mejilla curtida al sol de la manigua.

¿Se emocionó el juez, o consideró terminada su faena preparatoria?

—General —dijo, levantándose— Ud. está muy impresionado ahora. Ya hablaremos más tarde...

Y luego, con una insinuación lenta en la voz:

—No se preocupe demasiado... Todo se arregla... Siempre tenemos ahí a ese moreno Sopimpa... ¿No dice usted que lo botaron de casa de don Julio por haberse atrevido con su sobrina?... Eso le compromete... ¡Quién sabe! Ya hablaremos, General, ya hablaremos...

Y luego de estrechar la mano hacia del veterano, se marchó, con su cartera vacía, ungiendo de miradas estimativas los oros y esmaltes del mobiliario. A la puerta, con los dedos, el Curro le hizo una cruz al dignísimo administrador de la justicia.

Capítulo V. Un escándalo social

Por Federico de Ibarzábal[28]
Ilustraciones de Luis López Méndez[29]

U N ESCÁNDALO SOCIAL, LO QUE SE LLAMA UNA VIBRANTE NOTA
mundana (y además un brillante éxito informativo y
gráfico), produjo
el reportaje de *La Luz*, que
trató bastante acertada-
mente el suceso y sus pro-
bables móviles. Había sido
roto por veinticuatro horas
el cotidiano anodinismo del
diario matinal, que ganó
durante ellas, esa ficticia popularidad que dan los
triunfos pasajeros. Todos los
círculos sociales y políticos
comentaron el caso extraordinario que se presentaba a
la consideración del público,
envuelto en el misterio. Y
hasta las esferas oficiales
subió la marea de escándalo:

La encontraba demasiado moderna

28   Federico de Ibarzábal (1894-1953) fue poeta, novelista, cuentista y destacado periodista
vinculado al *Heraldo de Cuba, El Comercio, Social, Bohemia, Revista Habanera* y *Carteles*,
entre otras publicaciones. Seleccionó la primera antología del cuento cubano, *Cuentos
contemporáneos* (1937).

29   Luis López Méndez (1901-¿?) nació en Caracas y estudió en la Academia Nacional de
Bellas Artes. En 1919 abandona su país por motivos políticos y viaja a Puerto Rico, Nueva
York, México, La Habana, París y España trabajando como ilustrador y decorador. A
su regreso a Venezuela fue profesor de la Escuela de Artes Plásticas y Artes Aplicadas
de Caracas, director de Cultura y Bellas Artes del Ministerio de Educación y director del
Museo de Bellas Artes de Caracas.

el general Reguera estaba indicado por algún diario gubernamental para ocupar una vacante en cierta Secretaría del Despacho, al sobrevenir una crisis del Gabinete que ya se anunciaba inminente.

La infeliz Rosa Sánchez Acosta, fue operada con oportunidad. Nada grave, nada que hiciera creer en un triste desenlace, anunciaron los cirujanos. Su estado, luego de la operación, era bastante satisfactorio. La pizarra telefónica del Hospital Municipal de Emergencias funcionó de continuo: toda la ciudad, interesada en el asunto, quería saber, con morbosa curiosidad, «cómo seguía la señorita Sánchez», Y en derredor de la personalidad de la pizpireta jovencita se tejían diálogos como éste, por personas que ni de vista la conocían:

—Digan ustedes lo que quieran, para mí las mujeres casquivanas y equívocas, son tan respetables como las otras.

—¿Cuáles otras? –se preguntaba con malicia.

Y esto, en una tertulia familiar...

Y Ramal Báyer, el Subdirector de *La Luz*, exclamaba, agotado al final de la discusión sobre el suceso de la víspera, echándoselas de erudito, su inofensiva manía:

—Tan complicado se ha vuelto este asunto que ahora se puede decir, como Sócrates: «Sólo sé que no sé nada».

—Lo cual –exclamó con malísima intención Ramírez Járquez–, también nosotros lo sabemos...

La policía, en tanto, proseguía sus investigaciones. Se presentía que iba a ser puesto en libertad el negro *Sopimpa* (que luego se supo era presidente de un comité de barrio) por no existir contra él indicios racionales de culpabilidad. Esto ocurriría seguramente al cumplirse las setenta y dos horas de su detención preventiva. Por él se interesaron, además, algunos concejales y varios representantes que veían en el detenido no al simple agente político que podía darles en día de elecciones un refuerzo de ochocientos o mil votos, sino al probable compañero en la Cámara.

Hubo, también, un hecho insólito apenas iniciada la causa: por misteriosas presiones realizadas en el Poder Judicial, se logró el nombramiento de un juez especial que continuara la instrucción del sumario. El juez Prida quedaba así fuera del conocimiento de los hechos. Y, al saber esto, suspiraba, aliviado, el general Reguera.

Y mientras en la Capital se entretenían las gentes en el comentario fácil y malévolo, todos los diarios de la Isla se dedicaron a publicar distintas versiones del suceso; tan disímiles entre sí que parecían relaciones de distintos acontecimientos. La nota más extraordinaria la dio el *Eco de Yaguaramas*, que informaba a sus lectores que un duelo suscitado entre «la antigua vecinita Rosa Sánchez Acosta» y una turista americana, donde aquella había resultado herida en la cabeza de un tiro de escopeta. Según ese mismo periódico, la turista estaba herida en un pie y se preparaban a amputárselo.

El doctor Altigas, al leer estas cosas en la redacción de *La Luz*, comentaba amargamente el estado de la prensa informativa. A su juicio, ésta dejaba mucho que desear, pues hasta en la misma Capital, mientras unos periódicos daban la nota sensacional y explotaban el escándalo con miras a la taquilla, otros habían disfrazado el suceso por sabe Dios qué inconfesables motivos de interés, y los demás se limitaban a dar equivocados los nombres de los protagonistas, lugar y hora del suceso. Y el ilustre homeópata blandía en su diestra reumática uno de esos papeles malditos (a los que llamaba «mentiras convencionales de la civilización»), terminando por estrujarlo furiosamente y arrojarlo al suelo.

El misterio, en tanto, no había sido aclarado. Profundas tinieblas ocultaban lo más interesante de la tragedia: los motivos de la agresión, (suponiendo que la joven había sido agredida intencionalmente), quedaron en pie, prontas a desmoronarse, todas las suposiciones, llenas de ironía y de error denso seguramente.

La detención del *chauffeur* que estaba al servicio del cuñado de Rosa, ordenada inmediatamente por el juez especial, sirvió también para ampliar los comentarios públicos y para llenar en derredor de su borrosa figura media columna de información. El secreto del sumario, sin embargo, como era efectivo, impidió conocer sus declaraciones. Y esto aumentó, naturalmente, la curiosidad de las gentes.

Quizás se trataba de un inocente, pero se presumía que estaba al tanto de ciertos secretos de tocador, de ciertas intimidades de Rosa Sánchez y Gloria Reguera... Estas se profesaron durante algunos días —se supo luego—, una intensa amistad, un afecto íntimo, y en diversas ocasiones hicieron viajes de placer a los repartos en la vieja limousine

hicieron viajes de placer a los repartos en la vieja limousine...

manejada por este chófer.[30] El sabía algo, seguramerte algo muy interesante.

Pero se trataba de un criado de confianza, de un antiguo sirviente, que había sido cochero de la familia y estaba educado muy discretamente. Si sabía alguna cosa, no seria él por cierto quien vendiera el secreto. Y acaso nunca, nunca, ninguno sabría de las confidencias que se hicieron durante muchas tardes, en el interior de la máquina, las dos jóvenes Rosa Sánchez Acosta y Gloria Reguera.

El pobre general Reguera sí estaba derrumbado, definitivamente derrumbado moralmente. Con las manos a la espalda, entornados los ojos grises y pequeños, daba vueltas por su despacho y en torno del incomprensible suceso tejía y destejía todas las hipótesis –aún las más inverosímiles–, para lograr una salida lógica a sus pensamientos, que se precipitaban tumultuosamente en su pobre cerebro alucinado.

Ahora pensaba que aquella chiquilla –«medio loca», decía él–, aquella Rosa había sido siempre para él un enigma. Sus gestos, sus maneras, ciertas conversaciones que solía mantener en determinados momentos, nunca le acabaron de satisfacer. La encontraba demasiado moderna, acaso ultramodernista, pero no con esa modernidad de *sportswoman* de su hija por ejemplo, sino como una de esas figuras que aparecen en algunos libros de Víctor Margueritte.[31] ¡Y que su hija se viese complicada, siquiera fuese moralmente, en el escándalo! Ni en sus más apurados momentos de la campaña revolucionaria se vio más preocupado. Y su nombre, y sus prestigios sociales, y toda su vida inmaculada echados a rodar en un momento por esa especie que ya tomaba cuerpo en los círculos habaneros y que iría a trascender con toda seguridad hasta el último término de la Isla, dejándolo manchado para siempre. Pensó si acaso no sería conveniente aislarse por un poco de tiempo, refugiare en su lejana hacienda de la provincia

---

30   En este capítulo, la relación entre el texto y la imagen es muy estrecha. López Méndez incluye esta frase en la ilustración para insinuar la naturaleza íntima de la relación entre Rosa y Gloria al presentar dos figuras casi idénticas entrelazadas como las tres palmeras que las rodean, que hacen eco a las tres piernas y los tres brazos de las figuras. Ya en la primera ilustración había usado las convenciones del arte deco para mostrar el carácter moderno e independiente de Gloria Reguera.

31   Victor Margueritte (1866-1942), novelista francés nacido en Argelia, fue autor de varias pantomimas teatrales y una escandalosa novela, *La garçonne* (1922). La literatura francesa e inglesa de fines de siglo ya abundaba en folletines que mostraban todo tipo de transgresiones contra la moralidad burguesa. En Inglaterra les llamaban «sensation novels» e incluían casos de sexualidad alterna, incesto, violencia, sadismo y otros temas titilantes. La tendencia continúa en el siglo veinte, donde pasa a ser parte de la representación de «modernidad», mezclada al concepto nietzscheano del superhombre o mujer que está «más allá del bien y del mal».

nativa. O pasar, en todo caso, una temporada en las tierras del Norte hasta que, al través de la distancia y los meses el recuerdo del hecho se borrase totalmente de la memoria de las gentes. ¡Pobre hombre!

He ahí ahora al juez especial tratando de hurgar en las profundas tinieblas del suceso, para encontrar unas cuantas razones que hincharan el sumario, dieran un poco que hacer a los agentes de su autoridad y que, en definitiva, justificaran su intervención en el caso. Un juez especial tiene mucho más que hacer que un juez, ordinario, porque tiene que encontrar cosas que ninguno más que él puede encontrar. Pero en este caso no era tan fácil echar mano del primero contra el cual existieran indicios más o menos racionales de culpabilidad. Era necesario actuar con más discreción, porque no se trataba, indudablemente, de un caso vulgar en que esa gente hampona y de baja extracción social que tanto que hacer da a los cuerpos de policía. A esa gente se le puede tratar como mejor convenga a la justicia, porque siempre estarán mejor entre rejas que sueltos en medio de la sociedad de la que son irreductibles enemigos. Así, por lo menos, pensaba el juez especial, moralista y conservador.

¡Encontrar un culpable! He aquí el problema. ¿Contra quién se podría dirigir la acción de la justicia si después del examen de numerosos testigos, de estudiado el sumario que se instruía, de escuchados los informes de la policía, apenas se podría creer que alguna persona hubiera disparado contra Rosa Sánchez? Parecía un balazo dirigido desde el cielo, desde el espacio azul y sereno detrás del cual suelen ocurrir tantas cosas raras, en opinión de algunas gentes. Pero eso no le satisfacía. Esa especie estaba buena para alguna información en que algún redactor chistoso quisiera expeler un poco de buen humor. Pero para un juez especial, no. Y empezaba a mortificarse. Empezaba a mortificarse porque él era un funcionario a quien le gustaba destacarse —y hacer, de paso, el favor que pudiera a alguna persona influyente— y que aspiraba a una magistratura. Un éxito suyo en un proceso ruidoso era un paso más en el camino que se había propuesto seguir hasta escalar la cumbre donde se asentaban sus aspiraciones.

Era natural que el celoso funcionario estuviera preocupado.

Habían pasado varios días. La vida seguía su curso ordinario. Rosa había sido trasladada desde el Hospital a su residencia, y el juez se proponía hacerla una visita, para interrogarla hábilmente, sondeando hasta lo más oculto de su espíritu para saber concretamente ciertas cosas, para deducirlas. Y así, una mañana —sol esplendoroso, aire tibio y cielo azul— se encaminó con sus preocupaciones, con sus teorías y con su cartapacio, a la casa donde convalecía, aún asombrada y dolorida por el suceso insólito, Rosa Sánchez Acosta...

... en tanto que dos cuerpos de sudoroso ébano se contorsionaban...

CAPÍTULO VI. EL HILO ROJO

Por Alfonso Hernández Catá[32]
Ilustraciones de Gustavo Botet[33]

Las olas levantaban altas explosiones de espuma a lo largo del Malecón, y echaban efímeras colgaduras sobre el antepecho de la ciudad para celebrar la fiesta del crepúsculo. Sorprendía no oír el chirrido del sol al apagarse en el mar después de producir el ilusorio incendio del Vedado, sobre el cual, para apagarlo, corríanse desde el horizonte opuesto densas nubes de agua.

Desde la balconada del Unión Club el licenciado Rodríguez de Arellano, nada inclinado a romanticismos, contemplaba con mirar de rencor las torvas nubes que iban llenando el cielo con la promesa de una turbonada, y su ceño se nublaba al compás de la tarde. Cuarentón, soltero, sin talento inquietador, ni excesiva torpeza tampoco, casi rico, con un puesto fácil en la magistratura y siempre dispuesto a sacar a cada hora su jugo de placer, estaba tan habituado a recibir gratuitamente las caricias de la suerte, que las contrariedades lo sorprendían y lo irritaban como si fuesen injusticias. Había faltado a la fiscalía por la tarde, y aquel chubasco que venía a malograr su plan de ir con Chuchita Roca a pasear en automóvil por carreteras poco concurridas, entre sombras celestinas y baches estimulantes, lo mortificaba hasta obligarlo a murmurar: «¡Ni que el cielo también quisiera interponerse entre nosotros! Y de contra tener que ir por la noche a casa de Caridad, a que me adivine el disgusto!»

---

32 Alfonso Hernández Catá (1885-1940), uno de los cuentistas y novelistas más destacados de su época, introduce el caos en la trama al atribuirle el crimen a un cabildo de ñáñigos. Interesado en el estudio y representación de la sexualidad y los estados alterados de la mente, escribió *Novela erótica* (1909), *Los siete pecados* (1918), y *Manicomio* (1933), entre otras obras.

33 Gustavo Botet (1901-1988), ilustrador, dibujante y futuro arquitecto de La Rampa en 1955, ilustra el capítulo en el que irrumpe la incursión en lo afrocubano, enfocándose en la danza. Merino observa que «Resulta consecuente la elección temática de Botet, si tenemos en cuenta que por estos años proyecta una especial preferencia por motivos vinculados a la cultura popular tradicional». La caricatura de Mónica es un compendio de lugares comunes: el turbante, las argollas, los ojos desorbitados, la blusa estampada.

Un criado se le acercó para decirle:

—Lo procuran al teléfono, señor.

—¿A mí?

—Sí, señor.

Era rara aquella llamada: Casi nunca iba al Club, todo a esas horas, y cinco minutos antes de que las primeras gotas de lluvia le manchasen el flus de charolado blanco no pensaba entrar. Se acercó al teléfono con displicencia. Y la voz no esperó su pregunta:

—¿El licenciado Rodríguez de Arellano? ¿Sí? Oiga y no olvide estas palabras: Tenga cuidado con le que va a hacer... ¡Tenga cuidado con lo que va a hacer!

El ruido secó que causó el remoto comunicante al colgar el receptor, le hizo comprender que la extraña comunicación estaba rota. Y se encogió de hombros tras un instante de perplejidad: «Bah, ya estaban pasadas de moda las bromas telefónicas... « Bien modesto uso hacía del anónimo indescifrable del teléfono automático aquella voz masculina con su seriedad ridícula y su ridículo dejo de amenaza. ¿Por qué iba a tener cuidado? No era la primera vez que iba a pasear con Chuchita cuyos diez y siete años ávidos de romper para no tomarse el trabajo de desatarlos, los lazos que aún la ligaban a la pureza lo atraían igual que el ácido de un fruto verde. Probablemente sería el despecho de algún galán; quizás un ardid del tío de Caridad, su novia oficial, can la que desde hacía siete años mantenía unas relaciones amorosas que le obligaban a aburrirse de ocho a diez a su lado, casi entre bostezos, al ritmo de los dos balances paralelos que, con esa obstinación turbadora de la materia tendían también a separarse...

Salió del Club y se dirigió a su casa para cambiarse de ropa. Al llegar el criado le entregó un sobre oficial, al mismo tiempo que el timbre del teléfono atrajo su atención. Al abrir el sobre no pudo reprimir un relámpago de alegría. La suerte, su buena suerte de siempre, lo desquitaba del inoportuno aguacero...

Allí estaba su nombramiento de juez especial para el suceso misterioso y ruidoso que desde hacía unos días conmovía la Habana... Y aquello era el renombre, la posibilidad de demostrar que era un funcionario distinguido y que sus ascensos no se debían al favor de cierta dama ya más invernal que otoñal... Ah, ahora verían el pobre juez

Prida y los periodistas... El agresor o la agresora de Rosa Sánchez
Acosta no quedaría impune. El chófer y *Sopimpa* iban a entrar en
cintura... Gloria Reguera, no tendría más remedio que declarar pese
a su influencia.

Y la rigidez sagaz de uno de aquellos jueces de instrucción de las
novelas de Gaborieau[34] unida al brillo certero de las pupilas de
Sherlock Holmes, fulgía en sus pupilas cuando se acercó el auricular
del teléfono. Era la misma voz de poco antes, lenta, dura:

—Tenga usted cuidado con lo que va a hacer, señor juez Especial..
No hay más que una vida, una vida sabrosa. Tenga cuidado.

El golpe seco de la comunicación interrumpida volvió a sonar;
pero ya esta vez no se encogió de hombros. Quiso recordar quién o
quiénes pudieron verlo entrar en el Unión Club y salir de éste para su
casa, y sólo la figura de un mulato empujando una carretilla con
flores, revivió en su memoria. Por primera vez en su vida trabajó con
ahínco. Horas y horas estrechó las capciosas preguntas a todos los en-
cartados; horas y horas persiguió entre las hojas del sumario una
huella, un indicio, la sombra recóndita de un rastro. ¡Todo inútil! ¡Ni
Gloria, ni *Sopimpa*, ni la misma Rosa Sánchez Acosta, ni el enigmático
chofer, ni *Cartayita*, aportaban ningún dato útil. Cada vez que iba a
casa del General Reguera, éste lo recibía con una sonrisa irónica de
reto: la misma sonrisa irónica que lo acogía en todas partes obli-
gándolo a aislarse; la misma sonrisa que, cuajada en flores de choteo,
crecía en las columnas de los periódicos trocando en lanzas las cañas
de la publicidad y troquelándose en esta frase malévola de Ramal
Báyer el subdirector de *La Luz*: «La pista del juez Rodríguez de Arellano se parece a las de las casas de automóviles en que no tienen principio ni fin.» Hasta el mismo doctor Altigas que solía prodigar sus
efusiones ruidosas y sus sonrisas doble ancho, tenía para él un gesto
de reconvención, homeopático, es cierto, lo mismo que su medicina,
mas no por eso menos hiriente. Dejó de ver a Chuchita porque entre
beso y beso sus ojos tenían brillos interrogativos; dejó de ir a casa de
su novia temeroso de que sus pupilas siempre sumisas se pudieran
también contagiar de la pública curiosidad, del público reproche.
Echaba de menos los procedimientos inquisitoriales que antaño
arrancaban por la tortura confesiones. Pero al mismo tiempo un

---

34   Émile Gaboriau (1832-1873) fue un escritor francés que cultivó el género detectivesco.

anhelo de verdad, de proceder en conciencia y de llegar al fondo del enigma por el misterioso y único camino que debía conducir a su sima, impedíale dar palos de ciego. Dos veces más, siempre inesperadamente y en lugares a donde era imposible tenderle celadas, la voz dura y lenta le había dicho cubierta con el antifaz impersonalizador del teléfono: «Sobresea, licenciado . Sobresea o dimita.» Y para que su exasperación llegase al sumun, Rosa Sánchez Acosta, ya casi al borde de la convalecencia, empeoró, y Gloria, atacada de una enfermedad que desconcertaba a los doctores haciéndoles recetar medicinas inexistentes que los farmacéuticos despachaban a precios caros, empezó a languidecer lo mismo que si otra mano invisible corno la que manejó el arma misteriosa, hubiese disparado también contra ella.

Rota al fin su resistencia, un día en que la prensa arreció en burlas contra su estéril actividad, se encogió de hombros y decidió tomar con respecto a aquel asunto la actitud de confiada espera casi indiferente que el había valido tantos regalos de la suerte. ¡Que le cayera la solución del cielo en forma de maná, qué caramba! No valía tener fama con el mundo entero y consigo mismo de hombre de inmensa suerte, para venir a estrellarse contra aquel arcano. ¿Qué le importaban a él todas las Glorias y todas las Rosas de la Habana? Su gloria era vivir sabrosamente y sus mejores rosas eran las que le ponían en la piel los labios pintados de Chuchita. Volvió a sonreír y a comer. Y la suerte, hembra al fin, le tendió sus brazos en cuanto dejó de ser asediada.

La fortuna tuvo esta vez con su mucho de capricho su algo de premio. Se le presentó la noche que, movido por melancólico remordimiento fue a ver a Caridad, bajo la faz negra y rugosa de un criada antigua, la niñera que había mecido los primeros llantos de su novia en la cuna.

—No he venido todos estos días porque... –empezó a decir al entrar. Y los ojos aterciopelados y la boca suave, atajáronle la disculpa al mismo tiempo que la mano maternal iba como a impedir en sus labios una mentira innecesaria:

—No me tienes que dar satisfacciones. No has venido porque no has podido. Y siempre vienes bien y siempre, por mucho que tardaras, tendría que perdonarte todo al verte.

El tuvo vergüenza al ver la cara demacrada y al oír a voz empañada de llanto. Tuvo vergüenza de aquel agotarse interminable a lo largo de unas relaciones en que ella había sido cada día pura y él ninguno fiel. Una onda de cariño los envolvió durante dos horas, en la penumbra del portal. El jardín olía a gladiolos y a estefanotes y algunos gorriones piaban engañados por la noche clara. Al despedirse, la criada negra, casi centenaria, se le acercó y le dijo en sibilino tono:

—Si el niño es bueno y me da palaba jurá de casarse, pa que mi niña no se me muera, yo le digo una cosa que él quie sabel... Una cosa de la niña que estropearon en la máquina y de la otra que está enfelma. Una cosa de eso sí... Yo le abriría la puelta al caballero... La puelta del secreto, sí.[35]

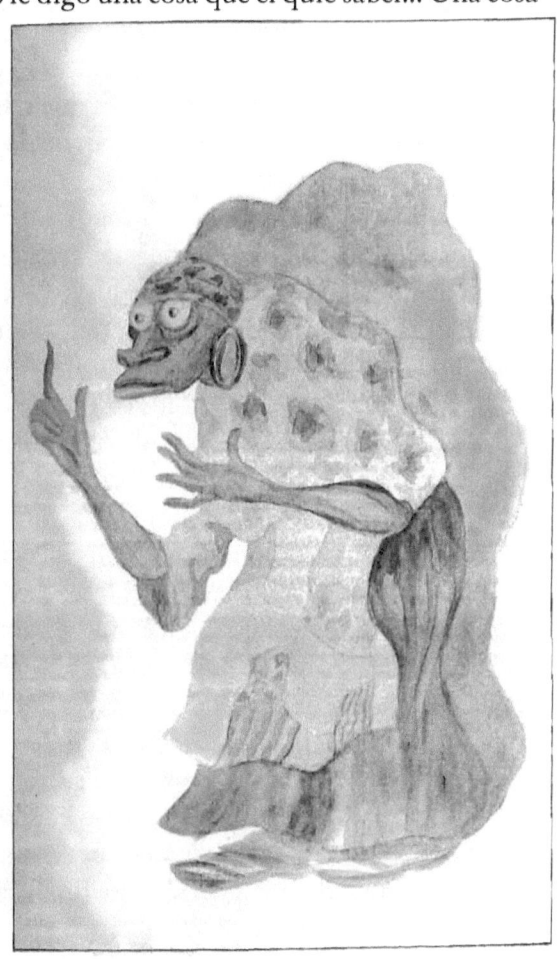

El tuvo un sobresalto y le atenazó la mano con fuerza lo mismo que si quisiera apretar el secreto tantos días fugitivo en su puño brutal. La negra dijo:

—Pero me lo tiene que jural... Por la fuerza no... Voy para los mil años y no le tengo miedo ni al mal ni a morilme... Sólo por la niña lo hago... Jure, jure pol su madre... Diciéndoselo también me expongo a la muelte y no me importa.

Fascinado, juró. Juró dejar a Chuchita;

la criada negra, casi centenaria, se le acercó y le dijo en sibilino tono

---

35   Hernández Catá intenta reproducir la dicción de una «negra de nación», nacida en África.

juró casarse sin más demoras en el mes siguiente. La negra volvió a hablar:

—La abuela de la niña Rosa y la de la niña Gloria fueron amigas hace mucho, en el Príncipe, cuando yo era una muchachita así de alto. Y eran malas, malas con los esclavos las dos, con dos chuchos, mataron al hijo de una reina carabalí. Ellas eran amigas y no se querían, el señó decía que eran enemigas íntimas, lo mismo que éstas ahora: el mundo es siempre igual... Yo antes creía en las venganzas y ahora que soy tan vieja, ya no... Hay que ser bueno... Hay que olvidar el mal... Por eso yo después que el niño ha jurado voy a abrirle la puerta de este crimen y de otros muchos y no me importa que me maten después. ¡Soy tan vieja! Lo que me importa es que me haga feliz a la niña.

Al día siguiente, entre precauciones infinitas, Rodríguez Arellano fue presentado a una mulata achinada que «echaba bilongo» y preparaba saquitos de brujería; y, por ésta, a un chino viejo al que fueron a buscar a un fumadero de la calle de La Salud. Del chino pasaron a manos de un negro casi mudo que los llevó a casa de un cantador de sones con el que hicieron un viaje a Regla, último baluarte de los ñáñigos. Poco a poco, siempre disfrazado, en medio de un esfuerzo a la vez pueril y eficaz para borrar los rastros, iba entrando en un mundo desconocido de pasiones oscuras, de ritos milenarios, al mismo tiempo grotesco y terrible, con ídolos deformes y puñales certeros. En cada nuevo eslabón era preciso un juramento. Y la casi terrorífica atracción de aquel mundo primitivo incrustado en la civilización de Occidente era tan fuerte, que el interés profesional ya apenas existía. Herencias de odios, lujurias impregnadas de muerte, contenida antropofagia de África y heladas crueldades de Asia, devanaban con precaución lentísima aquel hilo al término del cual estaba Rosa Sánchez Acosta herida y Gloria Reguera enferma. Todo era oscuro, oblicuo, legendario, vil, sensual en aquel mundo de secretos culpables. Una noche, en tanto que dos cuerpos de sudoroso ébano se contorsionaban con placer y dolor al ritmo monótono que la maraca y el bongó atornillaban interminablemente en el oído, una voz susurró detrás de él:

—No se mueva ni voltee la cabeza si quiere oír algo bueno, licenciado.

Por un esfuerzo contra el instinto se mantuvo rígido, y otra voz queda y sin inflexiones, para disfrazarse mejor, dijo estas palabras:

—Una bala no puede entrar en un automóvil sin romperlo por brujería que haya... La condenada fue sacada de la máquina después de darle a ella y al chofer lo que era necesario para que durmieran un poco. . . La bala estaba metida desde hace un año en el jugo de una hierba que los médicos no conocen... Y ni el chofer ni ella dirán nada nunca, porque «han visto» y saben bien lo que le espera al que repite lo que «ha visto»... Tú también «verás».

Para ver, ¡al fin! fue citado dos días más tarde en una accesoría de la calle de Cuarteles. En la habitación, desamueblada por completo, lo esperaba un moreno joven. ¿Dónde y cuándo había visto él aquella fisonomía? Salieron y después de tomar dos automóviles y un carrito al parecer innecesariamente, fueron a una casa, cerca de la Estación Terminal en la que los esperaba una mujer. ¡Cuán lejos estaba Rodríguez de Arellano de sospechar que era la casa de la mulata a la cual iba todos los primeros de mes, con engañosos fines fisiológicos, el negro *Sopimpa*! En el momento de aparecer un chino a quien la dueña del colgadizo daba instrucciones secretas, Rodríguez de Arellano tuvo, por revelación súbita, la certeza de haber identificado al hombre que acababa de irse: ¡Era el vendedor de flores con que se cruzara días antes al entrar en el Unión Club! Poco después, llevando al hombro un paquete de mercancías, al modo de los vendedores ambulantes, entraba en el piso alto de la casa cuyos bajos habitaba Rosa Sánchez Acosta y, guiado por un negro cubierto con una venda que le desfiguraba el rostro hasta hacer imposible identificarlo, se asomaba a las altas persianas que cerraban la baranda del patio... La voz lenta, dura, articuló mientras conducía hacia abajo su mirada:

—El cuarto de la enferma es aquel... La que está en la saleta es Gloria Reguera que viene, para evitar el «qué dirán», a ver a su amiga... Ahora va detrás de la criada morena a ver a la enferma... Esa morena es nieta de una Reina Carabalí a quien le asesinaron un hijo... Ya entran... Ya sale el General... Ya van las tres a quedarse solas... ¡Ahora «vas a ver»!

El cuerpo del juez especial tuvo una contracción eléctrica, y su rostro se apretó contra las persianas hasta hacerse daño,

para acercar más sus ojos dilatados de angustia a la escena increíble que a pocos pasos de él, en el corazón mismo de una civilización que se cree dueña segura de Asia y de África, se desarrollaba. ¡Había visto! ¡HABÍA VISTO! ¿Qué?

Sus pupilas eran dos espejos de horror y en sus labios sin vida gritos petrificados intentaban en vano salir, Dos brazos recios tuvieron que sostenerlo para que no se desplomara. Y antes de perder el sentido, tuvo la visión de que el hilo rojo que venía devanándose desde hacía días ante él se enredaba de súbito entre las garras de un demonio insaciable, hasta formar una madeja semejante a una llaga, semejante a una brasa maldita.

Lo que vio el licenciado Rodríguez de Arellano no lo sabrá nunca más que aquél que lea el folletín próximo.[36]

---

36   Es posible que Hernández Catá supiera quién era el creador del capítulo siguiente y le tirara deliberadamente el guante al mencionar el rito abakuá. Entre los capítulos siete y diez los autores entablan una polémica sobre el afrocubanismo hasta que Roig de Leuch-senring y Loveira retoman los hilos de la trama principal en los dos últimos capítulos.

Capítulo VII. El charco sangriento

Por Arturo Alfonso Roselló[37]
Ilustraciones de Rafael Blanco[38]

EL LICENCIADO RODRÍGUEZ DE ARELLANO ABRIÓ LOS OJOS en una celda estrecha y oscura. Estaba solo. Se incorporó torpemente, sobresaltadamente, en un esfuerzo de sus músculos adoloridos y quedó inmóvil, con las manos apoyadas en el suelo, sintiendo en torno un ambiente de pesadilla y de horror. ¡Había visto! Sus ojos, hipnóticamente fijos, atisbaban, durante minutos de angustia, el espectáculo que nunca, a través de su perenne convivencia con las floraciones del mal, su imaginación concibiera. Y ahora, ya en virtud de una contingencia imprevista, mediante una promesa benévola, el azar le llevaba, en unión de personajes oblicuos, de cultivadores de ritos extraños, de malhechores esotéricos y sombríos, hacia una casa de una barriada céntrica, detrás de una persiana cómplice a través de cuyas mirillas denunciadoras toda la verdad y todo el secreto se le revelara.

Y así fue que, de súbito, tuvo la conciencia de su responsabilidad, empapada arteramente en sortilegios y de peligros. El enigma, que antaño le fascinaba, una vez resuelto, empezaba a abrumarle, como una losa de pesadumbre infinita. Y era él, el licenciado Rodríguez de Arellano, juez especial de una causa ruidosa, quien se encontraba, aturdido, maltrecho, nadando en sudor gredoso, con su respetable anatomía jurídica instalada subalternamente sobre el suelo.

Todas las ideas removíanse dentro de su cráneo con tumultuosa

---

37 ARTURO ALFONSO-ROSELLÓ (1896-1972), discípulo de Manuel Márquez Sterling, se distinguió en una larga carrera periodística vinculada a publicaciones como *La Nación, El Sol, Carteles, El Mundo y Diario de la Marina*. Ya fuera de Cuba, publicó dos novelas sobre la época del machadato: *Tres dimensiones* y *El pantano en la cima* (1971).

38 RAFAEL BLANCO (1885-1955) estudió en la Academia de San Alejandro. Luego viajó a Nueva York y México. Se destacó como ilustrador y pintor, y como uno de los primeros artistas gráficos de la época que integró la presencia afrocubana en las artes nacionales. Fue uno de los innovadores de las artes plásticas cubanas en la década de los veinte; según Camnitzer (1994:101), desde 1910 se le atribuía el cambio de dirección del dibujo humorístico en Cuba, que se entronca con la tradición Goya/Daumier.

confusión. Concentrándose, anotó hechos, coordinó recuerdos, alineó detalles y fue, lentamente, ejerciendo el predominio de su reflexión sobre su miedo.

¿Qué hacer? Se puso en pie, de modo automático. Sus pupilas, gradualmente habituadas a la sombra, se abrieron en el estrecho cubil, horro de muebles, algunos materiales inservibles, cajones casi deshechos, cubos y herramientas llenas de orín. Encendió un fósforo. El local tenía un aspecto deplorable de suciedad y de abandono. El asfalto del piso se adhería pesadamente a los pies.

Ganó la puerta, estrecha y de hojas toscas y pasó cautamente a un largo y espacioso salón, semi derruido, en cuyo extremo opuesto una claridad le orientaba.

Echó a andar, sorprendido, a través de aquella nave solitaria. El silencio era absoluto. La claridad temblorosa del fósforo, que mantenía en alto, apenas le permitía distinguir, en la penumbra, las paredes ennegrecidas. De pronto el Licenciado Rodríguez de Arellano se detuvo. Le pareció sentir, bajo pisadas lentas, una humedad viscosa. Acercó la llama vacilante hacia el suelo y entornó los párpados en aquel prurito de investigar y de saber a que su profesión le impelía. En efecto, era un charco negruzco, denso, que se extendía en torno de sus pies hasta perderse en salpicaduras pequeñas, hacia un ángulo del salón donde la oscuridad era fosca. El juez, durante unos segundos, vaciló sin explicarse todavía la razón de encontrarse a aquella hora en aquel sitio solitario; tuvo, sin embargo, a despecho de su inquietud, una curiosidad imperiosa. Torció, resuelto, y se dirigió hacia la esquina. El fósforo llegaba a su fin. El licenciado Rodríguez de Arellano lo alzó todavía y dirigió su mirada hacia el suelo. ¡Quedó petrificado! Como un pelele trágico, con los ojos vidriosos, los párpados grotescamente abiertos, la boca contraída en una mueca indescriptible de tortura, yacía muerta, con la cabeza desprendida del tronco[39], la negra criada de Caridad Esquivel, su prometida... Las ropas aparecían desgarradas; y en el corto segundo que le bastó para contemplar aquella escena el juez adivinó la horrenda lucha sostenida por la negra infeliz, que purgaba su fidelidad africana.

La llama le chamuscó los dedos y arrojó vivamente la cerilla. Y en el instante que las sombras le envolvieron, el digno funcionario, sintiéndose naufragar en un mar de crímenes y de misterios impenetrables, echó a andar ágilmente con un supersticioso terror hacia la nueva víctima de abominables ritos y de hereditarias venganzas.[40]

Pronto llegó a la calle. Comprendió, seguidamente, sin esfuerzo,

---

39 Blanco yuxtapone las dos decapitaciones, la de la negra Mónica y la del juez Rodríguez de Arellano, en sus ilustraciones. Las dos cabezas miran en dirección opuesta: la cabeza negra, en un espacio cerrado, yace en el piso; la blanca, en medio de un espacio abierto, flota en el aire, separada del cuerpo. Blanco capta y acentúa la escisión entre los dos mundos que se insinúan en el texto de Roselló que, siguiendo la pauta del capítulo anterior, cambia el enfoque de los hoteles, tiendas y sociedades de moda a los barrios pobres de Regla y la subcultura afrocubana.

40 La representación del substrato afrocubano en este capítulo es consistente con la tradición del África «inasimilable» (bárbara, criminal y misteriosa) de las letras francesas, así como con la representación de los afrocubanos en *Los negros brujos* (1906) de Fernando Ortiz.

que los asesinos habían gozado allí de una impunidad absoluta, escogiendo aquel caserón desalquilado donde, de fijo, quebrara algún turbio negocio de almacenajes o depósitos.

La calle no era más tranquilizadora. Focos tenues, débiles, de luz rojiza, prisioneros entre los ramajes de los árboles, tramaban de romper la honda penumbra entre la cual, sugeridos por el sobresalto de su espíritu, bultos informes parecíanle agazaparse en acecho.

Estaba –lo dedujo así– en algún retiro agreste de los repartos suburbanos, lejos de la civilización y de la seguridad uniformada, errante y solo, con su secreto y con su miedo. Dio algunos pasos más y se detuvo. Bajo el toldo de un álamo, surgió, elásticamente, una figura. El licenciado Rodríguez de Arellano creyó ver, en las manos de aquella sombra hostil, una hoja corta que brillaba. Entonces, con una lucidez prodigiosa, lo adivinó todo. Le habían conducido a aquel sitio tétrico durante su desmayo... La magnitud del tema, que ya compartía, iba a propiciar un tercer crimen. Y en un arranque poderoso de su voluntad y de su instinto dio un salto heroico, impulsó raudamente su cuerpo y comenzó a correr desesperadamente bajo el brillo tímido de las primeras estrellas que surgían.

Se detuvo, al fin, jadeante, exhausto, (después de esa carrera frenética en la que salvó maniguas hoscas, solares pantanosos, pedregales ríspidos), al amparo de un soportal iluminado, en una avenida ancha y moderna, viendo brillar a lo lejos las luces confortadoras de un tranvía.

Un policía, lento y digno, con el club pendiéndole de la diestra autoritaria, llevó al Licenciado Rodríguez de Arellano un sosiego profundo, que era casi una resurrección. Y el desventurado juez, en aquella noche terrible, sintió penetrarle hasta el alma, como un perfume, el sentido profundo de la solidaridad humana.

Al fin, resuelto, increpó, al guardador del orden:

—Soy el juez Rodríguez de Arellano. Hace una hora he sido víctima de un audaz asalto... Dos hombres, armados, salieron a mi encuentro, trataron de robarme... Resistí, luché, di voces, pedí auxilio... Y nada... Ni un policía en todos los contornos... Daré cuenta a la superioridad. Válgame que soy hombre de acción. Válgame que no conozco el miedo. Si me acobardo estoy perdido... Pero aquí no existen garantías. Por fortuna soy fuerte... Di un golpe: derribé a uno... Di otro golpe: derribé a otro... En fin, salí bien.

El policía, maravillado, balbuceó trémulamente sus excusas.

—Crea el doctor... No oí nada... Mi recorrido es muy extenso... Avenida de Miramar, hasta el puente. Calle 17 hasta el mar... Y siempre andando... Puede preguntar al sargento... Dice usted que gritó... Crea el señor doctor que no oí nada...

El juez, limpiándose el sudor helado de la faz lívida, interrogó:

—Y aquel tranvía, ¿me sirve?

El vigilante, todavía confuso:

—¿Va a la Habana el señor juez? Entonces le sirve. Pero crea el señor doctor que no oí nada... Yo soy Pérez, el vigilante Pérez ... Pregúntele al sargento... Nunca huyo... Yo fui el que capturé al Jíbaro...

Rodríguez de Arellano encaminó sus pasos, ya de modo bizarro, hacía el tranvía. Y aún el vigilante clamó:

—El doctor tiene el traje manchado... Tiene fango... Tiene «guizasos»... Ese carro le sirve... Crea, doctor, que no oí nada... Yo soy Pérez...

Ya en la Habana el licenciado, infinitamente afligido, consideró amargamente su caso. Reflexionó que aquel afán suyo, torpe y vanidoso, del ascenso, envolvíalo ahora en una niebla de aventuras fantásticas, de crímenes, de horrores, de liturgias míticas, de abominables conjuras, de insospechables abyecciones.[41] Pero, una vez reingresado a la civilización y al sosiego estable de su hogar y de su cargo jurídico, sentía menos ásperamente la responsabilidad de su secreto.

Cuando llegó a su casa, eran casi las diez. El viejo criado, austero y habitualmente poco comunicativo, clavó, sin embargo, en el Licenciado Rodríguez de Arellano, una mirada sorprendida.

—¿El señor doctor está enfermo? –inquirió, lleno de solícita eficacia.

El juez hizo un gesto rudamente afirmativo, añadiendo:

—No estoy para nadie. Trae pronto alguna cosa caliente y déjame dormir. Mañana, bien temprano, me despiertas. Necesito descansar...

Ciertamente, el sobresaltado funcionario de la Judicatura necesitaba reposo. Ya en el lecho, bajo las sábanas nítidas, sintiéndose al abrigo de todas las acechanzas, fue calmando su desaliento y empezó a meditar. ¡Un nuevo crimen! La infeliz negra había sido víctima, de fijo, de su acendrado amor a la «niña» Le maravillaba, sobre todo, que hubieran podido conducirle a él hasta aquel apartado retiro y no acertaba, tampoco, a comprender la razón de que le hubieran abandonado allí, vivo. Entonces, por un proceso lógico de razonamientos deductivos, determinó que la negra, sin duda, había hallado la muerte por oponerse, en aquel caserón solitario, a algún nuevo y tenebroso plan de la tribu. Pero siempre, al final de esas meditaciones oscuras, el licenciado se interrogaba:

—Bien, es fácil justificar la muerte de la negra Mónica. Pero, lo que no acierto a comprender es la causa de que respetaran mi vida...

El criado entró, trayendo un ponche caliente, que humeaba.

—Estas cartas y estas tarjetas por si el doctor quiere revisarlas ahora, dijo, colocando sobre el velador una bandeja.

—Retírate, Pancho. Y, ya sabes: me despiertas a primera hora...

El juez quedó solo. Su anterior sobresalto se iba resolviendo ahora, sobre los tibios almohadones del lecho, en fatiga, en laxitud, en sueño.

---

41   Se reafirma la escisión entre los dos mundos (el bárbaro y el civilizado) tan bien captados en las dos ilustraciones de Rafael Blanco. Este capítulo (junto con los de Loveira/Massaguer, Hernández Catá/Botet y Roig de Leuchsenring/Riverón) muestra las mejores simbiosis entre autor e ilustrador en toda la novela.

Cerró los ojos. Y media hora después el atribulado juez instructor era un vasto catálogo de ronquidos...

A la mañana siguiente, muy temprano, el criado llegó al lecho del juez y le despertó, según su consigna:

—Señor Licenciado . . Señor Licenciado...

El juez abrió los ojos inquietos y comprobó, derramando una mirada en torno suyo, que ningún peligro le cercaba.

—Caramba, Pancho... Qué pesadilla ...

—Es la dispepsia... Ya se lo he dicho al señor Juez... Tiene que cuidar lo que coma ... . Anoche, cuando el señor Juez tocó a la puerta, creía que el señor juez se moría. ¡Qué cara! ¡Qué lividez! Yo no hablo por gusto... Si el Licenciado no se cuida, a lo mejor, un día de éstos, nos va a dar un susto...

Rodríguez de Arellano asintió, en posesión de la aflictiva certeza de que cualquier día, efectivamente, «si no se cuidaba» les daría un susto a todos. Luego, desesperanzándose, añadió:

—Tuve un sueño terrible... Iba a caballo, de noche, por una vereda entre montes... Galopaba... De súbito vi, a la altura del cuello, atravesando el camino, un lazo de acero... Quise detener el caballo... Tiré de las riendas con brío... Pero el caballo no se detuvo ... Siguió, en su loca carrera, indócil a la brida... Y el alambre circundó mi cabeza, separándomela rudamente del cuello. Lo extraordinario es que mi cabeza quedó en la altura oscilando como un péndulo trágico y el caballo siguió, con mi cuerpo sobre las ancas, mientras mis brazos, por espíritu de disciplina, se esforzaban en detener la fuga terca. . . Yo lo vi irse con indecible angustia, porque mi cabeza desagradablemente desprendida de su habitual soporte, seguía siendo yo... Y yo, mi querido Pancho, continuaba vivo... [42]

Pancho hizo una mueca débil, falsificando una sonrisa y encogió los hombros con tedio:

—Cosas del vientre... Créalo el señor doctor... Cosas del vientre... Además, si el señor doctor no se enfada, yo le diré que de todo esto, el propio señor doctor tiene la culpa ...

Sonrió el juez. Y el meditativo sirviente expuso su juicio:

—El señor doctor sigue tomando esas bolitas que le da su amigo

---

42   El sueño de la decapitación le da base a la segunda ilustración de Blanco, y complementa la primera decapitación al mostrar dos mundos opuestos igualmente «tronchados» y por lo tanto incompletos. El tema del sueño como «corrección» de una visión parcial de la realidad abunda en la literatura post-sicoanalítica y la obra de los vanguardistas.

el doctor Altigas... Y el señor doctor me perdonará, pero esas bolitas –se lo dice un viejo que sabe– acabarán por producirle una disentería crónica... Es mejor que no tome nada...

El juez sonrió. Y saltando del lecho, se envolvió en una bata de felpa y se dirigió al baño.

La ducha fría reavivó su organismo. Tomó un desayuno ligero, abrió las cartas de la víspera, todavía en la bandeja sobre el velador y le ordenó a su viejo criado:

—Trae papel, pluma, tinta. Voy a trabajar en mi cuarto... No quiero visitas. Quien llegue o quien llame por mí, ya sabes la consigna: salí muy temprano.

Pancho se inclinó, retirándose en seguida grave y raudo de la alcoba.

Entonces el Licenciado Rodríguez de Arellano adoptó una resolución súbita y enérgica. A despecho de los peligros de las acechanzas, de los misterios que le cercaban, entregaría a la justicia a la abyecta banda de criminales misteriosos.

Se decidió a actuar. Ya tenía en sus manos el hilo rojo de dos crímenes. Ya conocía la verdad casi entera. Y era preferible exponer la vida en una pugna decisiva y feroz que plegarse, bajo el estímulo del miedo, en una complicidad inestable, con los enemigos en torno, vigilando sus pasos y, posiblemente, resueltos a suprimirlo en cualquier tiempo. De otro modo tendría que huir, renunciar a su posición, perder su carrera, iniciar una vida nómada, difícil, precaria por tierras extranjeras.

Y luego le seducía, poderosamente, el brillo de su triunfo, la fama de su sagacidad judicial, el esplendor potente de un éxito ruidoso en una causa tan genuinamente sensacional y estancada en el misterio.

Fue entonces cuando, por vez primera, pensó en el cadáver de la negra Mónica, pudriéndose en un caserón abandonado, y que él por turbación, por no enredarse en un nuevo conflicto, por mantener su aventura en secreto, por no popularizar su secuestro, se abstuviera de denunciar a la policía. Luego pensó, calmándose, que, a esa hora— eran las diez—ya debían haber descubierto el nuevo crimen.

El criado casi rozó la puerta, con un toque servicial y tímido:

—Perdone el señor doctor... Pero creo que le ha de interesar leer

La Luz. Dicen cosas contra el señor doctor. Increíbles. Es algo que irrita...

—¿Qué dice *La Luz*?

Entró Pancho, con el periódico amargo, donde negreaban titulares escandalosamente aflictivos. Rodríguez de Arellano leyó, a toda plana, con caracteres anchos y negros: «El fracaso del Juez Especial Rodríguez de Arellano justifícase con el descubrimiento de ciertas aventuras reprobables ocurridas en la última noche». Y más abajo, con subtítulos también insidiosos y también negreantes,[43] agregábase: «Un juez que es transportado en completa embriaguez hasta un reparto de extramuros y que está en conexión indisculpable con los elementos del hampa habanera».

Rodríguez de Arellano, estupefacto, buscó el texto, leyó la información llena de oblicuas conjeturas, de pérfidas insinuaciones, detallando, de modo minucioso, pero de modo falso también, sus pesquisas a través de Regla,[44] de la Habana, su traslado en automóvil, totalmente derrengado sobre los cojines, hasta Marianao, donde surgiera luego, según declaración del digno vigilante Pérez, con el traje salpicado de barro, mintiendo una falsa leyenda de lucha y denuedo, contra asaltantes inverosímiles. Toda su complicada aventura estaba expuesta en *La Luz* con los más nimios detalles, pero falseada, tergiversada, dando la sensación de que el hombre que había escrito aquello estaba en el secreto de todo, pero lo desvirtuaba, lo confundía para producirle a él, al juez Rodríguez de Arellano, una verdadera muerte moral...

Crispó los puños, en una cólera salvaje. Y por un instante justificó los ancestralismos, los bárbaros ritos asesinos de aquellos seres en torno de los cuales él había arrastrado su humanidad durante los últimos días. Entre dientes aseveró silbando:

—Yo degollaría a Ramal Báyer.

Pancho se fue en silencio, despreciando, desde el fondo de su alma digna de criado, aquel periódico falaz que enderezaba contra su amo, a quien él tan devotamente servía, aquellas densas columnas de prosa inmunda y vil...

Rodríguez de Arellano, tembloroso de indignación, esgrimió la

---

43   «Negreantes» se usa aquí con doble sentido: se refiere a la tipografía en negrita (Bold), y al hampa afrocubana a la que se atribuye el crimen.

44   Regla, al otro lado de la Bahía de La Habana era un centro de organizaciones y ritos afrocubanos. La yuxtaposición Regla/Habana refuerza las referencias textuales y visuales a dos mundos coexistentes, contradictorios y no integrados.

pluma como una lanza árabe y se puso a grabar en el papel, con trazos que semejaban cuchilladas, y a manera de guía, para trabajar bravamente y con método, estas anotaciones:

«Escribir la confesión de mi secreto.
«Entrevistarme con el fiscal.
«Detener a Sopimpa.
«Detener al chauffeur.
«Detener a Ramal Báyer.[45]
«Decirle a Altigas que me cambie las píldoras... »

Luego, más sereno, pasó a su despacho. Y cumpliendo sus propósitos ya esquematizados, empezó a escribir, en hojas de un fino papel de Holanda, donde sus iniciales aparecían de relieve en esmalte azul, la relación de su secreto. Terminó tarde. Pancho indagó si el señor doctor almorzaba fuera. Rugió un sí breve. Y ya al momento de partir, el teléfono repicó en el vestíbulo.

—¿Qué hay?
—¿Eres tú, Alfredo?

El juez reconoció la vocecita trémula y acongojada de su novia.

—Una cosa horrible... Estoy consternada... Mónica, nuestra pobre Mónica ha aparecido muerta, asesinada, en un garaje derruido... Estoy loca.

Rodríguez de Arellano, respiró, seguro de que ya el crimen había sido descubierto. Balbuceó excusas... Prometió llegar inmediatamente al Vedado. Y salió a escape resuelto a no dilatar su plan ni una hora. Un automóvil que cruzaba, lo detuvo y se abalanzó dentro:

—A la Audiencia...

El auto se puso en marcha... El Licenciado Rodríguez de Arellano, sintiendo que una congoja nueva le invadía, sacó su petaca, extrajo un cigarrillo, lo encendió, aspiró el humo con viveza... El auto rodaba... El palpó, todavía, con un recelo vago en el bolsillo de su americana, el sobre donde su confesión iba escrita. De súbito sintió un malestar infinito, una sensación de vaguedad, de elevación, de aturdimiento. . Un ruido infernal le ensordecía. Todo su cuerpo se contrajo... Lanzó un grito agudo y terrible en que exhalaba su desesperado dolor... Y cayó en el fondo del auto convulsionándose, con las pupilas desorbi-

---

45   Lamar Schweyer (Ramal Báyer) se vuelve el objeto de burlas y referencias humorística-mente hostiles a lo largo de la segunda parte de la novela, a medida que se deterioran sus relaciones con el resto del Grupo Minorista debido a su asociación con el régimen de Machado. Su ruptura definitiva con el grupo ocurrirá en 1927 y provocará la Declaración del Grupo Minorista.

tadas, la faz verdosa, la boca seca y rígida. El chófer, atónito, dentro del auto... Algunos transeúntes se acercaron. Un caballero largo, huesoso, con un pescuezo enhiesto de jirafa triste, le indicó al chófer:

—A Emergencias.

La máquina se puso en marcha de nuevo. Y el caballero, que había montado en ella, tomándole el pulso al Licenciado Rodríguez de Arellano, exclamó, con abatida certeza:

—Un viaje inútil... Está muerto.

—¿Está usted seguro?

—Soy médico...

Capítulo VIII. Vulgaridad absurda y cómica (de cómo un personaje gris dio nombre a este relato)

Por Rubén Martínez Villena [46]
Ilustraciones de Armando Maribona[47]

I. Lo vulgar: un parroquiano ante una mesa

SIGAMOS EL HILO TANTAS VECES ROTO Y REEMPATADO de esta deshilvanada historia, en los momentos en que el Chevrolet que conducía el cuerpo del infeliz ex-juez y ya cadáver Rodríguez de Arellano se detenía ante el amplio edificio del Hospital de Emergencias. Entre el *chauffeur*, un mozo que acudió y el acompañante que de modo tan oportuno a los efectos de finalizar el capítulo anterior se declaró médico, extrajeron trabajosamente del auto el cuerpo exánime «del que fuera en vida diligente funcionario».

Desgraciadamente para la multisecular y casi predivina hada de los clichés el Lcdo. Rodríguez de Arellano no pudo fallecer, como era de rigor, al ser colocado sobre la mesa de operaciones, entre otros motivos porque ya el médico de cuello de jirafa triste había certificado solemnemente su muerte. Así, pues, los colegas del Hospital se solidarizaron en el aserto del fallecimiento de Rodríguez de Arellano, y después de un breve interrogatorio el médico desconocido salió del edificio y se dirigió a donde le dio la gana.[48]

---

46 Rubén Martínez Villena (1899-1934) fue una de las figuras políticas y culturales más influyentes del período. Abogado, poeta, fundador del Grupo Minorista y redactor de sus manifiestos, fue secretario de Fernando Ortiz y defensor de los izquierdistas perseguidos por el dictador Machado, entre los que se destacó Julio Antonio Mella. Organizó varias huelgas contra el dictador, incluyendo la que provocó su derrocamiento. Cultivó la poesía, el ensayo y el periodismo. Su capítulo cambia por completo el tono juguetón que había prevalecido hasta el momento y abre las puertas a la politización de la trama.

47 Armando Maribona (1894-1964) estudió en la Academia de San Alejandro y en París, donde publicó caricaturas de notables figuras del mundo artístico latinoamericano, entre ellas César Vallejo. Además de ilustrador y caricaturista, también se destacó como pintor paisajista y como periodista, al igual que otros integrantes del Grupo Minorista. Entre 1916 y 1921 fue corresponsal para varios periódicos en París.

48 El tono de Martínez Villena muestra su falta de interés por participar en el «juego» policial que pronto abandonará para abordar temas de mayor interés social. La primera ilustración de Maribona muestra al médico en la escena inicial; la segunda, donde brillan sus talentos de caricaturista, representa a Jorge Mañach (eje de la polémica con Villena) y (de espaldas, en la esquina derecha) a Conrado Massaguer, editor de *Social*. En la esqui-

Ni al lector ni a la doceava parte de autor que le corresponde al que escribe les interesa el sitio a que iba el misterioso personaje, pero sí nos interesa saber que en su trayecto entró en un café; y allí, sentado frente a un terapéutico vaso de agua de coco batida con panales, extrajo del bolsillo no un recetario, ni un termómetro, ni siquiera una moneda para pagar al dependiente, sino precisamente un sobre largo y abultado, cerrado con lacre y dirigido al «Sr. Fiscal de la Audiencia. E. P. M.» Suponemos que el inteligente lector comprenderá que era ni más ni menos la confesión del Lcdo. Rodríguez de Arellano.

El café era pequeño y poco concurrido; la mesita en que descansaba, con natural inocencia de pretexto, el agua de coco, se hallaba en un rincón. Así, pues, el hombre pudo dedicarse a la lectura de las páginas terribles.

na inferior izquierda se distingue al imprescindible doctor Juan Antiga, fácilmente identificable por sus espejuelos de cinta. La escena ilustra el final del capítulo, cuando el camarero le trae al Dr. Magnack (Jorge Mañach) el sobre con la confesión del juez Arellano en medio de una reunión de los «pequeñistas».

¿Terribles?... Sin duda alguna. Observemos al indiscreto caballero. Primero fue la lectura del que lee una carta cualquiera. En seguida el interés real despertó la atención que contrajo el arco de las cejas y anuló el disimulo; la cabeza se aproximó al escrito; los ojos fueron acelerando su movimiento de lateralidad recorriendo apresuradamente las líneas de trazos nerviosos, saltando como obstáculos las letras de difícil lectura, ajenos a las reglas de puntuación, desaforados en su afán de una meta desconocida. Así atropellaron dos, tres cuatro cuartillas auxiliados torpe y ansiosamente por los largos dedos que no atinaron a volverlas con la prontitud que demandaba la curiosidad creciente del lector. Hubo una pausa. El médico constató la permanencia del vaso, donde el agua vegetal y el azúcar suspensa ofrecían una sedante impresión de fresca dulzura y vaga tonalidad de ópalo. Lanzó de pronto alrededor una ojeada de infantil y momentánea alarma; y ya tranquilo, con gesto indiferente se ladeó en la silla, cruzando una pierna sobre otra. Apoyó un codo sobre el ya manchado marmolillo y buscó en su mano derecha un sostén cómodo para su cabeza, de fijo abrumada por más de un remordimiento.

Así continuó leyendo. ¿Qué terrible secreto, qué impresión espantosa le trasmitió de improviso el papel? Su mano, como empujada por el asombro de sus párpados, se deslizó por su frente hasta sus cabellos y alzó el ala de su «pajilla» que quedó ridículamente echado sobre su nuca distendida. Una contracción mecánica de los maceteros corría como una onda bajo la piel oscura de sus mejillas flacas. El meñique, tieso y sin apoyo, temblaba un poco de vez en cuando.

En esa actitud terminó la lectura. Y nunca tuvo más marcado aspecto de jirafa triste que en el instante en que, aspirando profundamente, se guardó con gravedad sonámbula el revuelto conjunto de cuartillas.

El vaso de agua, resignado a su papel de pretexto, había sufrido el desprecio con esa santa paciencia propia de las cosas inanimadas. El hombre pareció reconocerlo. Le acarició con una intensa mirada de anticipada gratitud e hizo circular su contenido sedante por su considerable faringe reseca. Su nuez sobresaliente acompasó con saltitos de regocijo el paso del líquido; y cada trago resonó sordamente, como terminante paletada de tierra sobre el secreto de una vida.

II. LO ABSURDO: UNA CÁTEDRA EN UNA NOVELA.

Probablemente el lector que haya tenido paciencia para llegar hasta aquí imaginará que toda esta historia, esta trama de misteriosos crímenes, de venganzas sangrientas y trasmitidas de una a otra generación de personajes tan temibles como desemejantes, está bordada sobre el canevá fundamental de una mentira. Le parecerá imposible y falso de toda falsedad ese oscuro fondo revelado, ese subsuelo social, estratificación verdadera aunque oculta, y se le antojará incompatible con nuestro estado de progreso, con el adelanto de nuestra culta y alegre ciudad de la Habana y hasta con el imperio de la «regeneración».[49]

Pero la Habana, por desgracia, es así, tal como es, pese a quien pese. No es posible arrancarle su condición de puerto, su situación de encrucijada, su cosmopolitismo, su inmigración viciosa, sus recovecos propicios, su mezcla de razas, su sol de fuego, todo ese enmarañamiento diabólico de factores y circunstancias que es aquí, entre nosotros, el tablero en que se desarrolla el tenebroso juego del amor y el odio.

Los vicios, las morbosidades, las aberraciones, toda la descomposición moral presente, que es producida como causa primordial y genérica por una civilización de convencionalismos, se complica en los grandes núcleos de población y tiene en Cuba, y en la capital sobre todo, perfiles netos y temibles.

«Nada más que la raíz de algunos cubanismos aportó a nuestro conglomerado étnico de hoy el indígena, barrido como fue por la furia hambrienta y fanática del conquistador. Pero de las costas del África maravillosa nos trajo el colonizador una raza más fuerte y más rebelde, con caracteres étnicos más firmes, creencias religiosas más antiguas y arraigadas y, por tanto, menos adaptable espontáneamente a un estrato superior de progreso.

«La esclavitud no llenó, sino ensanchó ese abismo, que sólo la obra acorde de la convivencia de años, la educación y el cruzamiento han podido reducir o salvar. Y más perdurable que la marca del hierro al rojo, quedó en el esclavo importado la huella indeleble de su civilización rudimentaria; y las características

---

49   En esta sección de su capítulo, Martínez Villena rompe abruptamente con la trama del policial y se lanza en una digresión socio-política acerca del substrato cultural habanero. Dolores Nieves opina que Rubén, «en una actitud plenamente vanguardista, escribe sobre lo que quiere y como quiere» y afirma que «hay en este capítulo una absoluta ruptura, no sólo con el discurso narrativo precedente, sino con todo el discurso narrativo de la novelística cubana anterior» (Nieves, 1993: 148-149).

psíquicas de su raza se acentuaron en el cautiverio. ¡Cuánto dio, cuánto impuso a la raza blanca el esclavo africano! Porque la esclavitud estableció de todos modos, una convivencia material. (Hernando Ortez lo explica en sus libros.)[50] Así injertó sus idiomas y dialectos en el castellano, asimiló sus divinidades al santoral de Roma y traspasó al blanco, con el cual cruzó su sangre, sus caracteres físicos: su color, debilitado en la mezcla, la fuerza muscular adquirida en la vida sana, natural y libre, la armonía de la línea, ganada en los ritos religiosos de la danza. Pero a más de ello le traspasó su ignorante superstición, el ímpetu salvaje de sus pasiones, la influencia total de su atavismo que se despliega en remotas perspectivas de selvas tenebrosas y montañas resplandecientes.

«Hoy vive entre nosotros, en la ciudad civilizada, la raza esclava de ayer: sus religiones bárbaras, su fetichismo ingenuo, sus ritos antropofágicos, sus agrupaciones sectarias, han sido compartidos por el blanco y moral y mentalmente viven dentro del mismo blanco civilizado de hoy, bien por contagio, bien por imperio hereditario de una ascendencia que se ignora o se niega».

Basta de lata catedrática. Junto al cubano, sin cruzarse apenas con él, vive en la Habana otra raza de características ya petrificadas por milenios. Es el amarillo humilde y débil, desconfiado y vicioso. Es el poseedor de la fisonomía impasible: el chino se entrega al placer no digamos ya sin una chispa de inteligencia en la mirada, ni siquiera con la expresión del impulso animal que disculpa el apetito, sino con esa fruición serena, que es síntoma inequívoco del más perverso refinamiento de la voluptuosidad.

Las tres razas conviven y mutuamente se influencian. Las inmoralidades de una y otras se confunden y aumentan en la ignorancia y la miseria. El vicio entra o se crea autóctono y hace su colonia en el medio apropiado de una sociedad inculta y carente de educación sexual. Factores que ya mencionamos lo favorecen o lo amparan.[51]

---

50   Las comillas identifican esta sección como una extensa glosa de los libros de Fernando Ortiz, con quien Martínez Villena había trabajado en calidad de secretario. Dolores Nieves asocia las glosas de «Hernando Ortez» con textos de *Los negros brujos* (1906) y *Los negros esclavos* (1917), pero subrayando que es Rubén quien escribe (1993: 149;150, nota 20).

51   La larga digresión de Martínez Villena termina con un intento de invalidar los estereotipos raciales que asocian a los negros con la delincuencia, mientras muestran ojos ciegos y oídos sordos ante otros tipos de delincuencia y comportamiento antisocial o corrupto entre las clases dirigentes.

Tal es la Habana en que suceden los hechos que van narrados.

El grupo de hombres de color, entre los que se encuentra algún blanco, reunidos en una esquina con un pretexto electoral, va quizás a una fiesta de iniciación en torno a un «bongó» donde a alguno le «subirá el santo» en la epilepsia de la danza; la anciana vestida «de promesa» rinde culto disimulado a divinidades del África; en el centro de la capital hay casas que son «para mujeres solas» y lujosos fumaderos públicos; existe un oficio entre los hijos del Celeste Imperio: profesionales de la caricia, que hacen excursiones semanales y visitas nocturnas, llevando un maletín en que cargan perfumes exóticos y raros instrumentos de placer. El vicio narcomaníaco está organizado: hay la señora gorda y decente que se sienta a la ventana y espera al «marchante» teniendo oculto en el mismo libro que lee el papelillo de cocaína, honradamente mezclado con bicarbonato potásico; hay el vendedor ambulante, que se apoya en la columna del portal y pone el «stock» de su mercancía en un cantero del Campo de Marte, donde tiene la apariencia inocente de un papel inútil. La prostitución decente es mayor que la conocida y censurada: hay la muchacha bonita a quien los padres no preguntan de dónde saca el dinero si ellos lo disfrutan; hay packards irresistibles, teléfonos automáticos, criados y familiares encubridores, maridos cándidos, repartos pintorescos y solitarios... Hay, en fin, todo lo que debe tener una capital CIVILIZADA.

Sobre la ciudad cae, más persuasiva y vibrante que una catilinaria, la lujuria ígnea de un sol implacable.

III. Lo cómico: una novela en una cátedra

Como rasgo más peligroso que todo lo descrito, la Habana tiene otra cosa de ciudad civilizada: una peña literaria.[52] Se reúne en el comedor del Hotel Lafollette todos los sábados, y por eso, y quién sabe por qué otro motivo, un espíritu chispeante la bautizó con una denominación que hizo fortuna: «el pequeñismo satúrnico». Allí se habla mal de todo el mundo y, parodiando a Miraflores Mojarrieta, casi puede decirse que no se habla de otra cosa. Siendo centro de la di-

---

52   El autor se refiere, obviamente y de manera harto irónica, al Grupo Minorista y sus peñas en el Hotel Lafayette del que «salen grandes proyectos y algunas realidades bellas». El Lafayette, inaugurado en 1919 y ubicado en O'Reilly y Aguilar, era, como el Sevilla, uno de los «abrevaderos» favoritos de la época (De las Cuevas Toraya 2001:225).

vulgación más perfecta y de la crítica más intensa, la mesa «pequeñística» del Lafollette es, por ende, una verdadera cátedra. Varios aca-
démicos se sientan a ella. A veces los componentes del grupo se ponen
a disparatar ingeniosamente y tan bien logran su propósito que no lo
realizaran mejor si se les ocurriera escribir una novela policíaca entre
todos. Pero de allí salen grandes proyectos y algunas realidades bellas;
también entran reales bellezas y se sientan a la mesa amable de «los
pequeñistas». Y aunque, en verdad, cada uno por separado «hace
patria» con desinterés, allí reunidos la hacen y hasta la deshacen bastante nutritivamente.

¡Son Ellos! Roque Larráuring[53], presidente indiscutible de los
«pequeñistas», que pasea inquieto su escrutadora y aviesa mirada de
escritor de costumbres; Roque, el criminalista, que eleva al sirviente
sus conclusiones provisionales sobre el menú; Magnack, que fiscaliza
la pareja Move-Carpe[54] y da esplendor a su cubierto con la servilleta
inmaculada; Henry Jerpa,[55] que lanza su sinceridad al rostro del interlocutor como quien arroja una copa; Marín Helo,[56] poeta místico
sin más pecado que su rotarismo; Aquiles,[57] teósofo que se ciñó al
talón la sandalia de Mercurio; Ramal Báyer,[58] periodista en *La Luz* y
filósofo en la oscuridad, que lleva ocultas en la boca las tijeras de la
redacción para vestir a sus amigos; Ibar Zábala,[59] pagano y otoñal y
Rosellón,[60] estival y pagano, ambos infanzones de la prensa, maestros
en periodismo y en Magia, que milagrosamente hacen aparecer el cerebro en organismos acéfalos... y tantos más que sería grato, pero
prolijo mencionar. Sin pertenecer propiamente al grupo, pero com-
partiendo sus culpas y sus glorias, hay algunos que se sientan a la
mesa, entre ellos: Ortez,[61] el sociólogo, Velarde, el mercantilista y
Martín Vilena,[62] escritor sin concepto de lo adecuado y que, como se

53 Emilio Roig de Leuchsenring
54 «Carpe» es Alejo Carpentier; José Antonio Portuondo (1993:129) identifica a «Move»
    como José Manuel Acosta, ilustrador del segundo capítulo, pero podría haber sido
    Amadeo Roldán, con quien Carpentier visitaba las ceremonias de Regla mientras hacía
    las investigaciones para sus ballets *La Rebambaramba* y *El milagro de Anaquillé* de 1928.
55 Enrique Serpa, autor del octavo capítulo
56 Juan Marinello, uno de los fundadores de la *revista de avance*
57 Alfredo T. Quílez, director de la revista *Carteles*
58 Alberto Lamar Schweyer
59 Federico de Ibarzábal
60 Arturo Alfonso-Roselló
61 Fernando Ortiz
62 Rubén Martínez Villena

sabe, es incapaz de escribir ni el más mínimo capítulo de la más fácil de las narraciones.

Un día, uno de esos «sábados», el grupo «pequeñístico» reunido en el Lafollette comentaba con su indiscutible suficiencia los últimos sucesos. No nos atrevemos a transcribir diversas hipótesis expuestas sobre el terrible drama de los muelles de la Terminal, el reciente asesinato de la vieja Mónica y la misteriosa muerte por envenenamiento del Lcdo. Rodríguez de Arellano. Los nombres del Gral. Reguera, Gloria, Rosa, *Cartayita* y Sergio eran llevados y traídos a lo largo y lo ancho de la mesa y los dientes pequeñistas se clavaban alternativamente, ora sobre un bistec, ora sobre una reputación.

Próximo al grupo un personaje gris, un tipo sin importancia ni relieve, escuchaba atentamente. Cuando terminó su almuerzo pagó al camarero y llevándolo hasta la puerta le entregó un sobre y le murmuró unas palabras. El camarero se dirigió a la cátedra, en que ya todos los cerebros estaban inclinados hacia los platos, y con respetuoso ademán colocó el sobre en la mesa, frente a los lentes del doctor Magnack, Abogado Fiscal de la Audiencia. El desconocido había seguido con la vista al camarero y su actitud atenta acusó en él una indisimulable apariencia de jirafa triste. ¡Así llegó a la mesa pequeñística la confesión de Rodríguez de Arellano!

El personaje gris se alejó entonces; y en voz baja, con el tono digno con que uno expresa para sí mismo la conclusión de un razonamiento largo, exclamó despectivamente: ¡Fantoches... ! Y su palabra resumió en una síntesis perfecta su desprecio pueril y olímpico hacia toda la humanidad que ignoraba lo que él sólo conocía.

CAPÍTULO IX. EL CRIMEN DE AYER

Por ENRIQUE SERPA[63]
Ilustraciones de JESÚS CASTELLANOS[64]

EL DR. MAGNACK, ABOGADO FISCAL, PERIODISTA, PINTOR, académico, pequeñista y católico, apostólico y romano, depositó con parsimoniosa lentitud el cuchillo y el tenedor en el borde del plato, se pasó discretamente la servilleta doblada por los labios, ingirió dos sorbos de agua mineral sin gas; tornó a pasarse la servilleta por los labios, tomó el sobre delicadamente entre el índice y el pulgar de la mano derecha, miró largamente la dirección escrita en él, se lo guardó en el bolsillo interior de la americana, y envolvió en una incomparable mirada de superior a sus comensales. Después siguió mondando con hierática gravedad una papa salcochada que tenía en el plato.[65]

---

63 ENRIQUE SERPA (1900-1968), asociado y amigo de Martínez Villena, continúa la polémica con Jorge Mañach, a quien introduce en la trama como autor del asesinato de una prostituta, Paulette Bodeler. Cultivó el periodismo, el cuento y la novela. Entre sus colecciones de cuentos figuran *Felisa y yo, Noche de fiesta* e *Historias del juez* (inédita). Obtuvo el Premio Nacional de Literatura en 1938 por su novela *Contrabando*.

64 JESÚS CASTELLANOS (1878-1912) fue médico, farmacéutico, profesor en la Universidad de La Habana, escritor e ilustrador para el periódico *La Discusión*. Se había destacado como dibujante y caricaturista y murió de tifoidea a los 33 años. Sus previos dibujos de esqueletos se utilizaron para ilustrar este capítulo.

65 La creciente tensión entre Mañach y Villena se refleja en esta demoledora caracterización de un Mañach arrogante y prepotente por parte de Serpa, amigo, asociado y camarada de Villena. Las posiciones políticas de Villena, activista laboral y defensor del proletariado, lo ubican en un campo diametralmente opuesto al de Mañach, que aunque firmara La Declaración del Grupo Minorista (cuyo texto, redactado por Villena, se pronuncia «por la independencia económica de Cuba y contra el imperialismo yanqui...contra los desafueros de la pseudodemocracia...y por la participación efectiva del pueblo en el gobierno» Osorio 1985:250) estaba asociado con la alta burguesía cubana. Su hermana Nena se casaría con Andrew Goodman, el heredero de las tiendas Bergdorf Goodman; su prima Edelmira Sampedro Robato (heredera de una fortuna de ferretería), con Alfonso de Borbón, Príncipe de Asturias, heredero al trono español, que renunciara a favor de su hermano Juan para casarse con ella (González Rivera 2009). La polémica había comenzado cuando Mañach sugiere que los elogios a la poesía de Rubén responden a su ideología y no a sus méritos literarios. Rubén responde: «Yo destrozo mis versos, los desprecio, los regalo, los olvido: me interesan tanto como a la mayor parte de nuestros escritores interesa la justicia social» («Homenaje» *La Habana Elegante*, 1999). Boris Leo

Apenas terminó de almorzar, el doctor Magnack se despidió con media sonrisa y un breve saludo de los pequeñistas. Hombre de múltiples actividades, medía su tiempo con cronométrica fidelidad, para no malgastar un solo segundo de su preciosa existencia. Inútil fue que el dibujante Pals lo invitase a visitar su fastuoso estudio, para presentarle una gentilísima tiple mexicana de esculturales formas y moral elástica, y enseñarle unas pequeñas figuras de sorpresa, que la pareja Move-Carpe recomendaba a sus amigos como un eficaz afrodisíaco artístico. El doctor Magnack declinó, agradecido, la invitación, dando como excusa la necesidad en que se hallaba de escribir una prosa, que esa misma tarde debía llevar al periódico.

Sin embargo, al salir del hotel Lafollette se dirigió a un café, para dar un recado por teléfono: «Oiga, señorita, habla el doctor Magnack. Tenga la bondad de decirle al regente de la imprenta que mañana no saldrá mi sección; que no la espere».

Al colgar el receptor, sintió que, mientras una mano posaba pesadamente sobre un hombro, una voz conocida lo saludaba con desbordante júbilo:

—¡Hola, Magnack!

—¡Quiay, Boleira, ¿qué tal?

—Ahí, chico. So-só. Como el tiempo. ¿Y tú?

—Yo, bien; gracias. ¿Y Rosa?

El señor Boleira –un hombre alto, trigueño, de maneras apacibles y voz gruesa que intentaba ser melosa, se llevó las manos a la cabeza:

—¡Ah, compadre, no me diga nada! Estoy desesperado. Ahora, únicamente ahora comprendo en toda su intensidad y amplitud el martirio pirandeliano.[66] Ya no conozco a Rosa. ¿Comprende usted? ¡No la conozco! ¡Como la han desfigurado! Ya no sé qué cosa pensar de ella ¿A que no sabe usted con quién estaba anoche...?

—Hombre, a la verdad, no sé...

—¡Sorpréndase, amigo mío, sorpréndase... ! ¡Estaba con la hija del General Reguera!

—¡Qué me cuenta!

—¡Sí, señor, así mismo! ¡Y si las hubiese visto usted! Bueno, ¡un escándalo! Algo que supera en mucho todo lo imaginable. Estaban en un palco del teatro. Durante toda la función estuvieron sumidas en mutua contemplación. Y la gente, ¡figúrese!, hablando hasta por los codos. Después del ruido que se hizo en torno de ellas no debieron continuar sus relaciones amistosas. Sin embargo, ahora parecen ser más amigas que nunca. Según me han dicho, hace algunas noches fueron a un

---

66   «ahora comprendo en toda su inten-
       sidad y amplitud el martirio pirandeliano». La obra de Luigi Pirandello (1867-1936) *Seis personajes en busca de autor* (1921) trata de personajes que se le escapan a su creador y borran las fronteras entre la representación y la realidad. Su última novela, *Uno, ninguno y cien mil* se publicó por entregas en una revista italiana entre diciembre de 1925 y junio de 1926, al mismo tiempo que la primera parte de *Fantoches*.

baile del Bote Club, dando motivo con su presencia a toda clase de chismes y calumnias. ¡Un horror!

—Es verdad, ¡un horror! Y en todo eso, ¿qué papel pinta Cartayita?

—No sé, compadre, no sé. ¡Como si se lo hubiese tragado la tierra! No se le ve por ninguna parte... En fin... Voy a dejarlo, doctor...

—Hasta luego, Boleira.

Oportunamente pasaba frente a ellos un Ford. Con un gesto, el doctor Magnack lo detuvo:

—Lléveme a...

Y bajó tanto la voz al indicar la dirección, que el señor Boleira, a pesar de encontrarse a pocos pasos, no pudo oírla.

El doctor Altigas abrió los ojos y, extendiendo los brazos en un desperezo interminable, bostezó ruidosamente, para arrojar fuera de sí los últimos vestigios de sueño. En seguida cerró los ojos, porque la claridad lo deslumbraba. La mañana tropical penetraba gloriosamente por las ventanas abiertas, poniendo en todos los ángulos de la alcoba su maravillosa sonrisa de luz. Las partículas de polvo, levantadas por un ligero soplo de aire y heridas por los rayos del sol, parecían minúsculos confettis de oro, lanzados continuamente por una mano incansable. De afuera llegaban, un poco opacados por la distancia, los rumores de la ciudad en plena fiebre de tránsito. Se oía el rezongar de los automóviles, mezclados a las notas, vibrantes o sordas, de los claxons, al timbretear de los tranvías y a los gritos de un gallego vendedor de flores, que pregonaba su delicada mercancía con áspera voz de borracho: «Flooore... floriii... »

Nuevamente abrió los ojos el doctor Altigas, y paseó una mirada fraternal y comprensiva por los antiguos muebles de su alcoba, posándola con especial delectación en un Corazón de Jesús que derramaba bendiciones sobre la estancia. Después, quitándose la sábana de encima, dejó al descubierto su camiseta B. V. D., sobre la cual detonaba, como un estentóreo grito inesperado, el corazón rojo y áureo de un detente. Con sibarítica pereza, una suave pereza de gato que estira sus miembros después de la siesta, el doctor Altigas se ladeó, para mirar la hora en un despertador de nickel que, atado con un lazo verde, colgaba de la cabecera de su pesado lecho de caoba:

—¡Virgen Santísima! –murmuró– ¡Las nueve de la mañana! ¡Y hoy tengo consulta para pobres, a las once y media! Voy a tener que dejar la tertulia de los pequeñistas. Me hace acostar demasiado tarde.

Con un movimiento rápido se sentó en el lecho, dejando colgar los pies hacia fuera, y se llevó una mano cerrada a la boca, para estrangular un bostezo inminente. Luego, se levantó los calcetines, se abrochó las ligas y puso los pies en las pantuflas de seda azul, pintorescamente bordadas a flores amarillas, blancas y negras.

Como todas las mañanas al levantarse, se dirigió hacia un enorme espejo dorado que casi cubría totalmente una pared de la alcoba, y se observó en él, cuidadosamente. Tenía el rostro demacrado y tan excesivamente pálido que comenzaba a parecer verdoso. Se hubiese creído que estaba hecho de pergamino antiguo y humedecido con aceite de oliva. Los labios, deprimidos y exangües, parecían los de un anacoreta famélico tocado por la gracia del diablo. Pero lo que más mortificaba al doctor Altigas era la lúgubre desolación de sus ojos marchitos, inexpresivos y turbios como los de una cherna de nevera.

—Decididamente –pensó– voy a tener que dejar las tertulias pequeñísticas y el agua con azúcar. Me estoy quedando como Garvantié cuando mira a su bailarina, o como el chivo del cuento.

La idea de abandonar las tertulias pequeñísticas le produjo cierto vago malestar. Sentía un cariño sincero y efusivo de tío solterón, por aquellos muchachos un poco tontos, un poco fatuos y a veces inteligentes que derrochaban lamentablemente su tiempo haciendo chistes malos y frases desagradables a costa de sus amigos. Además, junto a ellos sentía revivir su juventud de sportsman y de afortunado «rompe corazones femeninos». Pero comprendía que era necesario ensayar el heroico remedio, si no quería verse en el trance de Hernán de Sastro[67], Tizaso[68] y Ramal Báyer, que últimamente se dedicaban a coleccionar libros de vulgarizaciones médicas y anuncios de píldoras hechas a base de estricnina.

Como ya hemos penetrado más de lo que aconseja la conveniencia en la intimidad del doctor Altigas, vamos a interrumpir nuestro relato con un breve intermedio, durante el cual nuestro querido personaje

---

67   José Antonio Fernández de Castro (1887-1951), periodista, historiador y crítico, publicó *La poesía moderna en Cuba* en 1926.

68   Félix Lizaso (1891-1967), ensayista y profesor, fue autor de ensayos sobre José Martí.

terminará su toilette, para tomar parte, ya vestido y arreglado, según exigen la decencia y la moral, en la próxima escena de este novelón insoportable y absurdo.

***

Apenas había terminado el doctor Altigas de vestirse, cuando irrumpió en su alcoba, con una impetuosidad de torrente desbordado, el doctor Roque Larráuring.[69] Tan anormal aspecto presentaba, que el doctor Altigas llegó a temer que su amigo se hubiese vuelto loco. Tenía los ojos desorbitados y la boca contraída por un rictus indefinible. En una mano enarbolaba –agitándolo violentamente– un periódico, y en la otra, un bastón:

—¡Qué desgracia, doctor, qué desgracia tan horrible!– clamó con voz desolada y empinándose épicamente sobre la punta de los pies, al enfrentarse con el doctor Altigas.

Este, temiendo que le fuera a sacar un ojo con el bastón, se parapetó detrás de un palanganero, mientras con voz paternal decía:

—Vamos, amigo, cálmese, ¡Cálmese! A ver, ¿qué le ocurre?

—Una cosa horrible, doctor. ¡Mire! ¡Lea!

Y, teatralizándose en una actitud trágica, el doctor Roque Larráuring dejó caer su bastón al suelo y ofreció el periódico al doctor Altigas.

—Pero cálmese, amigo, cálmese. Voy a darle una pildorita.

El doctor Larráuring lo interrumpió con un gesto de fiera acorralada:

—¡Qué pildorita, ni pildorita! Siempre está usted con menjurjes y pildoritas. ¡Lea usted! Lea eso. ¡Es horrible, Dios mío, es horrible!

El doctor Altigas desdobló el periódico, y en la primera página leyó la siguiente información, en la cual se adivinaba la preclara inteligencia y el lirismo trasnochado del periodista Ramal Báyer:

«COMO UNA DÉBIL FLOR TRONCHADA POR FURIOSO VENDAVAL, UNA MUJER MUERE ACRIBILLADA A NAVAJAZOS,
«Nuevamente la crónica policíaca se ha teñido de rojo. Esta vez la víctima ha sido una pobre vendedora de amor, una de esas infelices Venus tarifadas que, después de arrastrar una vida de miserias, oprobios y vergüenzas, van a terminar sus días en la frialdad de un lecho de hospital, víctimas de traicionera enfermedad inconfesable o de la furia homicida de un hombre desdichado.

69   Emilio Roig de Leuchsenring

«La víctima del crimen de ayer se nombra Paulette Bodeler.[70] Era
una agraciada muchacha francesa, como de veinte y dos años, que,
a pesar de la vida crapulosa en que hacía naufragar su juventud,
conservaba una dulce belleza de madonna en el rostro y una tersura
de núbil intocada en la piel.

«El cadáver fue encontrado en la propia habitación de la víctima, en
el suelo. El lecho estaba completamente teñido de rojo, lo cual hace
pensar que el asesino debió aprovechar que la desventurada mujer
estuviese acostada para realizar su nefanda obra.

«El crimen fue descubierto por una compañera de la occisa. Es
también de nacionalidad francesa; se nombra Renée Verlen, cuenta
veinte y ocho años de edad, es soltera y vecina del mismo lugar en
que se realizó el hecho: la casa número 26 de la calle Trocadero.

«Según declaró la Verlen a la policía, ella permaneció fuera de la casa
durante todo el día y parte de la noche de ayer. A eso de las once de
la noche regresó a su domicilio, extrañando que a esa hora estuviese
la luz apagada. Al entrar, se dirigió al cuarto de Paulette, pensando
no encontrarla allí, pues presumía que hubiese salido a pasear. Pero
al abrir la puerta, un espectáculo terrible se ofreció a sus ojos: el
cuerpo de su infeliz amiga estaba tendido en el suelo, boca arriba,
sobre un enorme charco de sangre coagulada. Loca de terror, la
pobre muchacha comenzó a pedir auxilio, atrayendo con sus voces
a varios transeúntes y vecinos. Como a la media hora llegó un gordo
y solemne vigilante de policía, que se apresuró a dar cuenta del
hecho al capitán de su demarcación.

«Al constituirse el Juzgado, tomó declaración a varios vecinos. Todos
afirmaron que no habían oído ningún grito de la víctima, ni ningún
ruido sospechoso en la casa.

«Según certificó el facultativo de guardia, el cadáver presentaba las
siguientes heridas; dos incisas, muy profundas, que interesaban
todos los planos de ambos lados del cuello; dos de igual naturaleza
en la región precordial; una de gran extensión en la región abdominal, con sección de los intestinos, y otra de la misma naturaleza
que las anteriores, en la espalda, desde la región escapular izquierda
hasta la axila derecha. Todas las heridas fueron producidas por un
instrumento cortante, que, según el médico, debió ser una navaja.

«El juzgado practicó una somera inspección ocular en la casa del
crimen. Es una accesoria pequeña, que consta de sala, comedor y
dos habitaciones. La primera de dichas habitaciones la ocupaba habitualmente Renée, y la segunda, la occisa. En la habitación de la
muerta se encuentra una cama de hierro pintada de blanco, una coqueta de poco uso, dos sillas, un pequeño baúl debajo de la cama, y
una palangana esmaltada. En la habitación todo estaba en perfecto

---

70   Serpa juega con los nombres de estas «flores del mal» francesas al nombrarlas por los
     poetas simbolistas Charles Baudelaire y Paul Verlaine.

orden, excepto el lecho, sobre el cual se supone que la víctima luchó con su agresor.

«Cuando el juzgado estaba terminando la inspección ocular, se presentó un individuo que dijo llamarse Omar Soco, natural de la Habana, de cuarenta y cinco años de edad, abogado, antiguo revolucionario, purificador de las costumbres públicas y, a juzgar por su manera de hablar, poeta en embrión.

«Manifestó el doctor Soco que ayer, como a las cuatro de la tarde, se encontraba en la ventana de su casa, tomando el fresco, porque la temperatura de la Habana se está poniendo insoportable, cuando vio que un automóvil Ford se detenía a la puerta de la casa que está frente a la suya, o sea en el número 26 de la calle Trocadero. Curiosamente miró al individuo que en plena tarde iba, quizás ebrio de amor, a mitigar entre los brazos femeninos las amarguras de la existencia, y casi quedó petrificado de sorpresa al reconocer en él a un conocido periodista y abogado, «miembro —sus palabras textuales— de ese incomprensible grupo de hombres que se reúne todos los sábados en el Lafollete y que, bajo el pretexto de hacer patria, se pone a relajear a los veteranos y patriotas y al delirio de camagüeyana regeneración que estamos sufriendo en esta ciudad». Agregó el doctor Soco que el hombre penetró en la casa furtivamente, como evitando que lo viesen, lo cual hace sospechar que tenía mucho interés en pasar inadvertido.

«Hasta el presente el crimen se halla perdido entre las impenetrables sombras del misterio. La declaración del doctor Soco es una pequeña luz de cerilla económica, inútil para aclarar las densas brumas que envuelven el suceso. Además, el juez, según nuestras observaciones, no quiere conceder importancia a las palabras del doctor Soco, que parece tener alguna cuestión personal con el hombre a quien ha envuelto entre las mallas de su sospecha prematura.

«Sobre este particular existe un dato de excepcional interés, aportado por el señor Secretario del juzgado: que el doctor Soco también suele concurrir a las reuniones del hotel Lafollette a que se refirió en su declaración, aunque dice que lo hace a título de sociólogo y nunca como miembro del grupo.

«Por nuestra parte, vamos a ofrecer una noticia de singular importancia, que es exclusivamente nuestra y, por tanto, de nuestros lectores. A pesar del hermetismo tumbal que se guarda sobre el hecho, sabemos que el juzgado encontró cerca del cadáver un sobre largo y abultado, con manchas de sangre, que tiene escrita la siguiente dirección: «Sr. Fiscal de la Audiencia. E. P. M.»

«También sabemos que se ha dictado orden de detención contra un conocido abogado, el nombre del cual daremos a conocer en nuestra próxima edición. Si ello ocurre, habrá que reconocer la veracidad de la declaración del doctor Soco, y darle la importancia que requiere, a pesar de la sonrisa incrédula y burlona con que el señor juez acogió las palabras del citado profesional.

«Para terminar, debemos decir lo siguiente: un estimado miembro de la Policía judicial: el señor Caifas Facet, se acercó a nuestro reporter señor S. García, insinuándole la sospecha de que acaso no se tratase de un crimen, sino de un suicidio. Publicamos la opinión del distinguido detective, sin comentarios. Pero nos permitimos recordar a nuestros lectores, que el cadáver presentaba una herida en la espalda.»

Cuando terminó de leer la información, el doctor Altigas dobló el periódico, se pasó una mano por la cabeza en inútil además de alisamiento, tosió sin necesidad, clavó una mirada conmiserativa en el doctor Roque Larráuring, y murmuró una frase:

—Bueno, ¿y qué?

El doctor Larráuring escupió una mirada despectiva sobre el doctor Altigas:

—¡Pero, hombre... ! ¿No sabe usted... ? El conocido abogado... ¿No lo ve? Si está claro... ¡Es el doctor Magnack... ! –Y como el doctor Altigas insinuase un gesto de sorpresa y duda, concluyó, con un tono confidencial:

—¡Me lo ha dicho en secreto Ramal Báyer, que también era amigo de la muerta!71

---

71   Serpa se venga al mismo tiempo de Mañach y Lamar Schweyer, humorísticamente caracterizando al primero como asesino y patrocinador de una prostituta y al segundo como intrigante y enredador.

Capítulo X. La confesión del juez
ESPECIAL

Por Max Henríquez Ureña[72]
Ilustraciones de Carlos[73]

UANDO EL JUEZ INSTRUCTOR DE LA CAUSA INCOADA con motivo de la muerte de Paulette Bodeler y el fiscal de la Audiencia de la Habana abrieron el sobre ensangrentado que se encontraba junto al cadáver de la infortunada vendedora de caricias, una truculenta sorpresa los hizo estremecerse al reconocer la letra clara y diminuta del extinto funcionario judicial que en vida se llamó Alfredo Rodríguez de Arellano.[74]

El documento decía así:

«Señor Fiscal:
«Escribo estas líneas bajo el extraño presentimiento de mi muerte inevitable. En torno mío rondan la acechanza y el crimen. Manos impalpables esgrimen contra mí, en el misterio, puñales afilados y a mi paso se abren abismos insondables. Voy a tientas en la oscuridad

---

72   MAX HENRÍQUEZ UREÑA (1885-1968), hermano de Pedro y Camila e hijo de Salomé, nació en Santo Domingo pero se radicó desde joven en Santiago de Cuba, desde donde escribió el capítulo X. Tras una intensa actividad literaria en Cuba, regresa a su país de origen, donde escribe *Panorama histórico de la literatura cubana.*

73   CARLOS SÁNCHEZ, según Luz Merino Acosta, «en 1926 ya ha conformado un cierto estilo que se evidencia fundamentalmente en el tratamiento de la figura femenina (...). Sobre una sólida estructura de planos, realiza contrastes y opone verticales y horizontales creando una tensión visual sobre la figura yacente». A pesar de que el tema de este capítulo regresa al tema del bilongo abakuá, Carlos se concentra en la figura exangüe de Rosa «en su lecho de convaleciente».

74   Henríquez Ureña emprende la tan dilatada revelación del contenido de la carta del juez Rodríguez de Arellano, a quien caracteriza como un personaje obsesionado por ritos que lo atraen y repelen a la vez. En su versión, el juez se dibuja como el tipo de personaje que probablemente hubiera justificado la matanza de más de seis mil afrocubanos del Partido Independiente de Color en 1912 en nombre de la armonía y el progreso. La histeria en masa provocada por el miedo a una rebelión como la de Haití un siglo antes provocó el asesinato de muchos que ni siquiera estaban asociados al PIC. Como residente de Santiago de Cuba, Henríquez Ureña probablemente tuvo acceso a relatos de testigos de la masacre de 1912 y las intrigas que la provocaron. Henríquez Ureña audazmente hace explícita la relación entre Rosa y Gloria a la que se alude tangencialmente en capítulos anteriores, y que Roig y Loveira corroboran en los últimos dos capítulos.

y percibo en derredor extrañas voces que presagian la catástrofe. ¿Por dónde ha de venir la muerte? No lo sé. Pero la siento venir. ¡Sea!

«Antes de emprender el viaje hacia lo desconocido quiero trasladar al papel, para que la justicia no se desvíe, el fruto de mis investigaciones entorno al misterio que rodea el crimen cuyo esclarecimiento se me confió. Trataré de ordenar mis ideas, esforzándome por exponer con toda lucidez el resultado de mis pesquisas. No sé si tendré fuerzas para imponer algún método a mi pensamiento, pues me parece que mi cuerpo, ingrávido y volátil, se eleva por el aire y flota

en la neblina, mientras oigo vibrar a mi alrededor un musical con-
cierto de campanas y cruza ante mi vista desfallecida un kaleidos-
copio de colores que se confunden y tornasolan como si brotaran de
una fragua diabólica. Sensación semejante sólo la he experimentado
en una época, ya remota de mi vida: en mi mocedad de estudiante,
cuando hacía versos y me creía poeta (acaso lo era, y el afanar de la
vida práctica y el prosaísmo grosero de mi carrera realizaron en mí
un asesinato espiritual) me aficioné, por ridículo snobismo, a las
drogas heroicas, y más de una vez me sentí transportado a regiones
etéreas, de ensoñación y de locura. Temprano logré apartarme de
tan riesgoso deleite, así como abandoné la poesía, tan peligrosa
corno las drogas heroicas. La morfina representaba la ruina de mi
organismo; la poesía hubiera sido la ruina de mi vida práctica. Fui
fuerte, realicé tan gratas sugestiones, y la senda del porvenir fue la
del éxito. Ingresé en la carrera judicial con paso firme, desplegué
toda mi actividad y mi energía en varios juzgados de provincia y as-
cendí rápidamente hasta ocupar un juzgado de instrucción de la
Habana. Ahora, cuando está próximo para mí el turno de ascenso
a una magistratura, recibo la designación de juez Especial en una
causa sensacional, como para poner a prueba mi sagacidad y en-
tereza y facilitarme un nuevo éxito. Esta causa tenebrosa ha sido mi
avatar. Por descifrar lo indescifrable he sido sentenciado a muerte
—lo comprendo y adivino así— por un tribunal maléfico, que sabe
ejecutar en la sombra sus designios y que no indulta ni perdona a
los que se atreven a penetrar en sus arcanos. En el corazón mismo
de nuestra civilización y nuestra grandeza de nación joven que ha
sabido atraerse la simpatía y el aplauso del mundo, alienta y vive,
al amparo de la superstición y el sortilegio, un conglomerado de
seres extraños, unidos por vínculos ancestrales, que conservan el rito
abuelo de lujuria y de muerte y a los cuales se ha trasmitido de
padres a hijos, la tradición del odio y la venganza. Ese grupo de
seres goza de una organización perfecta y disciplinada. Sus redes
son invisibles, pero seguras y fuertes: ¡ay del que caiga prisionero
en ellas! Levanta en alto la maza vengadora del agravio ancestral,
sin que sepamos, viéndola suspendida sobre nuestras cabezas como
enorme interrogación patibularia, a quién trituró ayer o a quién
habrá de anonadar mañana.
«La justicia cubana ha intervenido más de una vez en crímenes cuyo
origen es la brujería y el condigno castigo ha caído sobre los culpables directos del delito, como si se tratara de un hecho aislado. Lo
que no parecía concebible era la existencia de una organización
compacta y fuerte de individuos habituados a esas prácticas y li-
gados, más que por una ley de simpatía social y de afinidad co-

lectiva, por pactos secretos, por juramentos ancestrales, por fanatismos atávicos, por tradiciones seculares. Podrá ser poco numerosa en cuanto a sus componentes, en relación con nuestra población y nuestro medio, esa organización; pero, aún desconocida por todas nuestras clases sociales, existe con caracteres definidos.

«No es, en el estricto sentido de la frase, una sociedad secreta, aunque para ajustarla a nuestra legislación podríamos aplicarle tal nombre. Muchas religiones se han organizado así, a la manera de las sociedades secretas: esta no es una religión que nace, sino una religión primitiva que se asfixia dentro de las mallas de la civilización y, para subsistir, se mantiene aislada y oculta. ¿Son escasos sus fieles? Huelga decir que sí, porque si fueran más numerosos el fenómeno no podría mantenerse ignorado. No debemos ver nunca, en un delito cualquiera de brujería, la acción independiente y voluntaria de dos o tres individuos que la justicia logra identificar: detrás de ellos está una organización disciplinada y fuerte, y sólo cuando la hayamos destruido dejarán de ocurrir en Cuba hechos semejantes.

«Temo haberme perdido en divagaciones y haber adelantado juicios que deben aparecer como consecuencia y no como premisa de mis investigaciones. No puedo, sin embargo, ordenar mis ideas como quisiera porque, sin comprender cómo, me parece que se me va la vida y a veces pienso que estoy escribiendo desde ultratumba.

«Precisa, empero, volver al punto de partida. De autos consta que la señorita Rosa Sánchez Acosta apareció gravemente herida en el bajo vientre, por un proyectil de pequeño calibre, dentro de la limousine de su padre, cuando se dirigía al muelle 'para embarcarse hacia los Estados Unidos. Su padre y su hermana descendieron del vehículo, en mitad del trayecto que conduce de la casa al muelle, y también es posible que bajara del automóvil su primo Sergio, aunque el chauffeur no puede afirmarlo categóricamente. No percibió el chauffeur ruido aluno dentro del automóvil, aunque recuerda vagamente haber oído, momentos después de reanudar su marcha, una ligera detonación, que atribuyó a un neumático de alguna otra máquina, pues nada anormal advirtió en la que él conducía.

«¿Alguien podría dar la clave de este enigma? Algunas detenciones ordenó el juez Prida sin resultado satisfactorio. El estado de gravedad de la señorita Sánchez Acosta impidió, durante dos meses, que se le pudiera tomar declaración, pues aunque fue trasladada del hospital a casa de su padre, por creerse ya dominada la peritonitis que sobrevino a consecuencia de las heridas, sufrió una recaída que puso nuevamente en peligro su vida. Su declaración, obtenida recientemente, deja subsistir el misterio: la señorita Sánchez Acosta

afirma que iba sola dentro del automóvil cuando fue víctima de un
desvanecimiento y sólo recobro sus sentidos en el hospital, después
de ser operada.

«Esta es, en síntesis, la única resultancia de autos. Con sumario semejante a ninguna conclusión podía llegarse.

«Para ayudarme a encontrar la clave del misterio vino hacia mí, como
fantasma que surge del fondo del pasado, una negra anciana, casi
centenaria, llamada Mónica, que llegó a Cuba muy niña todavía y
fue vendida como esclava a los señores de Esquivel, abuelos de mi
prometida la señorita Caridad Esquivel. Mónica meció en sus
brazos a Caridad, desde la cuna, y cuando fue abolida en Cuba la
esclavitud no quiso separarse de la familia Esquivel. La pobre anciana profesaba amor inmenso a Caridad y sólo en aras de ese cariño
casi maternal se decidió a decirme cuanto sabía del impenetrable
misterio y a ponerme en contacto con el hampa afro-cubana en cuyo
seno floreció el crimen.

«Resueltamente me adentré en el hampa. ¿Brujería? ¿Ñañiguismo?
¡Qué se yo! Cada vez que hubo que prestar un juramento, lo presté
sin vacilar. Mi deseo era conocer la verdad, y gradualmente se
abrían, ante mí, todas las puertas que conducían a la verdad. Complicada y extensa sería mi narración si yo tuviera tiempo para exponer aquí todos los caracteres del mundo extraño en que pude penetrar, mundo de lujuria y de crimen que tuvo para mí la
fascinación del misterio y el encanto del sortilegio. Ritmos de mú-
sicas inacordes que traducen el dolor y la muerte, saltos de ser-
pientes que cimbrean su silueta en la comba del cielo y parecen
saciar su sed en la nube preñada de tormentas, llamas que azulean
en la noche dormida y diluyen en lo alto el espíritu del fuego,
aromas rudos y selváticos que dan vértigos. Y un negro centenario,
de voz profunda y ronca, que dirige los ritos y actúa como juez y
sacerdote supremo, y extrae de las plantas que cultiva jugos mila-
grosos que dan la vida o la muerte. Y una sacerdotisa, joven aún, y
hermosa, que suma en las ondulaciones de su cuerpo todos los ar-
dores del África. Y el conjunto de acólitos, fascinados y sumisos,
que obedecen sin vacilar para el bien o para el mal, al juez supremo.
A veces, la voz del anciano, como si viniera del fondo de los siglos,
maldice a los hombres que maltrataron despiadadamente, aunque
se decían cristianos, a la raza que vino del África para conocer la esclavitud y el sufrimiento. Al través de sus palabras, que parecen va-
ticinios apocalípticos, vibra la cólera y florecen el odio y la venganza.
Anuncia que hasta la segunda generación deben recibir el castigo
los malvados. Y evoca los nombres de reyes y príncipes traídos del
África para sufrir horrendo cautiverio; y recuerda que hace falta la

sangre de niños blancos para mantener la virtualidad prodigiosa de
sus pócimas y brebajes... Y advierte que los que han visto el y la
magia quedan condenados a perpetuo silencio, o la cólera suprema
caerá sobre ellos.

«¿Podré acabar mi relato? Me esforzaré en conseguirlo, pero no me
es dable irlo exponiendo grado a grado, en el orden en que la verdad
me fue revelada, porque temo no concluirlo. Haré una síntesis de
los hechos empezando por sus antecedentes remotos.

«Poco menos de un siglo hace que vino Mónica a Cuba. Era entonces
una niña, pero los acontecimientos de aquella época nunca pudieron
borrarse de su mente. Mónica era hija de una de las damas predi-
lectas del séquito de una reina carabalí. Un día, el reino fue asaltado
por los cristianos; pereció el rey en la refriega, la reina, con otros
muchos dignatarios y vasallos, cayó prisionera y en el mismo barco
fueron enviados todos a Cuba. La madre de Mónica murió de
hambre y de fiebres en la travesía y al llegar a Cuba la niña fue
vendida a los señores de Esquivel. La reina fue vendida a los padres
del General Reguera y sus hijos, a distintos compradores. De entre
ellos el, menor, a los padres de don Julio Sánchez. Vivían las familias
de Reguera de Sánchez en la misma población, las ligaba estrecha
amistad y se hermanaban en su sentimiento de crueldad para con
los esclavos. Las dos amas, las abuelas de Gloria Reguera y de Rosa
Sánchez Acota, eran singularmente crueles con sus esclavos y a
menudo se complacían en maltratarlos por su propia mano, en vez
de confiar tan salvaje tarea a uno de sus mayorales. El hijo menor
de la reina esclava se escapaba a menudo de casa de los Sánchez para
ir a abrazar a su madre en casa de los Reguera, y a pesar de los se-
veros castigos que se le imponían, reincidía siempre en la falta. Las
señoras de Reguera y de Sánchez resolvieron imponerle ejemplar
correctivo, y a tal grado lo maltrataron que el niño sucumbió bajo
el látigo de aquellas dos arpías. Un mes después falleció, deses-
perada, loca, la reina esclava.

«Cuando se enteró de lo ocurrido el sumo sacerdote de los carabalíes,
traído a Cuba en el mismo viaje, formuló un juramento terrible, del
que sólo tuvieron conocimiento los demás esclavos. Según ese juramento, durante dos generaciones los Reguera y los Sánchez su-
frirían igual dolor que el que llevó al sepulcro a la reina esclava; y
este juramento debía trasmitirse de padres a hijos para que se cum-
pliera la justicia suprema. Cuando aquel sumo sacerdote murió, ya
de edad provecta, lo sustituyó el que actualmente asume el cargo de
jefe y sacerdote supremo en el hampa afro-cubana y la maldición se
mantiene en pie. El juramento se ha cumplido ya en la generación
precedente: varios hijos tuvieron los Reguera y los Sánchez, y uno

por uno sucumbieron de manera extraña: el hermano mayor del General Reguera se despeñó, adolescente aún, en un precipicio, sin que nadie presenciara el accidente; su otro hermano murió ahogado en un río, sin que tampoco pudiera averiguarse cómo ocurrió el hecho; la única hermana de don Julio Sánchez, madre de Sergio, falleció en medio de agudos dolores, víctima de una enfermedad desconocida; y otros hijos de uno y otro matrimonio murieron en la infancia, consumidos por un raquitismo singular. Sólo sobreviven, de un lado, el General Reguera; del otro don Julio Sánchez. ¿Por qué no desaparecieron? Porque si hubieran sucumbido, el juramento no podría cumplirse: ellos son la segunda generación destinada al sufrimiento de ver morir jóvenes a sus hijos; y ese dolor ya lo habían experimentado con creces sus mayores. Sobre ellos se cierne la maldición ineluctable, origen de este drama.

«Cuando la familia de don Julio Sánchez se trasladó a la Habana, tomó a su servicio a una morena joven y hacendosa llamada Presentación. Esta joven es nieta de la reina esclava y desde la infancia fue aleccionada respecto al juramento prestado por el sumo sacerdote carabalí, y convicta de que ella debía ser un instrumento de la venganza ofrecida a los dioses de sus antepasados. Ella y el negro Sopimpa, que fue en Yaguaramas cocinero de los Sánchez, y bajo el consejo del actual jefe y sacerdote supremo a quien acatan, maduraron el plan que había de ponerse en ejecución.

«Para ello idearon aprovechar a Sergio, el sobrino de don Julio, pues de sobra conocían la pasión exaltada y secreta de Sergio por su prima Rosa. Presentación fue la confidente de Sergio, a quien ofreció el concurso de Sopimpa para menesteres de espionaje, y puso todo su empeño en excitar hasta la desesperación su naturaleza reconcentrada y sensible. Aunque ligada a Cartayita por la promesa de matrimonio, Rosa no escatimaba a Sergio, de vez en vez, alguna caricia perdida y volandera, como promesa vaga, fugaz, de un bienestar inasequible, y alentaba de esa suerte en su primo una pasión más violenta cuanto más disimulada por las convenciones sociales. Se creó de este modo en el ánimo de Sergio un estado de irritación mal contenida, que fomentaba Presentación haciéndole ver en Rosa un ser enigmático, de perversidad refinada, de sensualismo travieso, que no sólo manifestaba esa voluble dualidad amorosa, sino que también provocaba equívocos comentarios a causa de su amistad íntima y extraña con Gloria Reguera. No pretendo, señor fiscal, penetrar en el sagrario de la vida privada: muy a mi pesar he estampado los antecedentes que ahora expongo; pero mi objeto es señalar cómo, de esa suerte, Presentación trataba de impulsar a Sergio a un estado de exaltación y de violencia que, en el temperamento apasionado y primitivo de éste podía tener funestas consecuencias. ¡Diabólico plan el de Presentación! Si Sergio, llevado a la desesperación y a la locura, daba muerte a Rosa, la venganza se consumaba de manera doble; la una iría al cementerio; el otro, a la cárcel. ¿Fue Sergio quien disparó sobre Rosa? Este es, señor fiscal, el único punto que no he podido descifrar completamente, aunque me inclino a creer que sí. Lo único que he podido averiguar es que la bala que hirió a Rosa proviene de un revólver de pequeño calibre que ella solía llevar en su bolsa; y el silencio que ella guarda me hace sospechar una violenta disputa con Sergio, a quien no quiere denunciar. Acaso pretendió amenazarlo con esa arma minúscula y en la refriega se escapó el tiro que tan gravemente la lesionó; acaso él le arrebató el arma y voluntariamente disparó contra a ella en un rapto de locura. Lo cierto es que el disparo se hizo dentro del automóvil, puesto que la carrocería está intacta, y que el desorden de los bultos que iban dentro del coche indica que hubo lucha.

«Cuando yo esperaba la revelación completa de lo sucedido, como se me había ofrecido mediante la prestación de un nuevo juramento de fidelidad y silencio, ocurrió un suceso que puso término a mis investigaciones. Fui conducido, para ver, a los altos de la casa de don Julio, y colocado detrás del amplio persianaje del piso alto distinguí claramente a Rosa acostada en su lecho de convaleciente. Llegó a poco Gloria Reguera, conducida por Presentación, y mientras ella y Rosa cambiaban un beso largo y expresivo, vi a Presentación vaciar en los vasos de refresco que traía en una bandeja el líquido contenido de un pomo. Aquel pomo me hizo recordar otro exactamente igual que la víspera se hallaba en manos del negro centenario, sacerdote supremo de la religión primitiva que aún vive oculta y perdida en seno de nuestra civilización: me estremecí de horror al recordar que en ese pomo el sumo pontífice carabalí había vertido, según su propia declaración, un tóxico desconocido que produce la muerte lenta, por agotamiento y consunción. No sé lo que dije ni lo que hice; sentí flaquear mis músculos, me agarré con energía a las persianas, y cuando Rosa y Gloria llevaron a sus labios el líquido refrescante y mortal, he debido proferir un grito incontenible que seguramente trajo sobre mí la desconfianza y el temor a una traición. Hacía días que la tensión de mis nervios era extrema: no pude más, y perdí el conocimiento. Cuando lo recobré, me encontré en la oscuridad de una casa abandonada. Era la media noche. Encendí un fósforo y con indecible horror tropecé con el cadáver ensangrentado de la negra Mónica, que al día siguiente descubrió la policía. Todo lo comprendí: Mónica había querido evitar mi muerte y de ese modo sacrificó ella la vida. ¿Por qué no me mataron

después? He cavilado mucho sobre esta interrogación, y al fin temo
haber descubierto la causa: temo que se me haya hecho ingerir
algún brebaje maldito que acabe con mi vida antes de que yo haya
revelado mi secreto. Probablemente Mónica quiso oponerse a ello,
y la mataron. Pero en tal caso, llevo ya la muerte dentro de mí, y el
desenlace no podrá tardar muchas horas. Siento la vaguedad y la
inquietud de lo desconocido. El mundo gira en torno mío. Siento
que mis pies no tocan la tierra. Me elevo hacia alturas fascinantes...
¿A dónde voy? Hacia un mundo nuevo, sin duda...
Lcdo. Alfredo Rodríguez de Arellano,»

Capítulo XI. Una noche de gran moda en el Casino de la Playa[75]

Por Enrique Roig de Leuchsenring[76]
Ilustraciones de Riverón[77]

RA NOCHE DE MODA, DE GRAN MODA, última de la temporada, y en el Casino de la Playa se encontraba «toda la Habana» ofreciendo sus salones, terrazas, salas de juego y jardines un espectáculo deslumbrador de luz, flores y, sobre todo, de mujeres que lucían, con el último grito de la moda, casi al natural los encantos y tesoros de sus cuerpos, para tortura y deleite —aunque fugaz y morbosa, pero por ello más atrayente, promesa ofrecida o imaginada de mayores revelaciones— de sus compañeros de cena y baile.

Efectivamente, toda la sociedad habanera se había dado cita allí.

---

75 El Casino Nacional en la Playa de Marianao, o Casino de la Playa, estaba ubicado junto al Habana Yacht and Country Club Golf Course en la sección de Miramar. Le dio nombre a una famosa orquesta, la Orquesta Casino de la Playa en los años cuarenta, y posiblemente a un estilo de baile de salón, el «estilo Casino», luego conocido como «salsa» en su encarnación neoyorquina (Johnson y Streng 2011). Esta zona creció en los años veinte y treinta a medida que la nueva burguesía azucarera suplantaba a la antigua aristocracia del Vedado. Las nuevas mansiones de Miramar se destacaban por la arquitectura modernista de José Antonio Mendigutía, Ángel de Zárraga, César Sotelo y Saturnino Parajón, entre otros (Rodríguez 1996:255-277).

76 Emilio Roig de Leuchsenring (1889-1964) ata los cabos de la trama en el penúltimo capítulo, antes de que Loveira le ponga el sello final a la novela. A cargo de la sección literaria de *Social*, prácticamente convierte la revista en el vocero del Grupo Minorista, ubicándose, con Martínez Villena y Serpa, en el ala izquierda del mismo. Abogado de formación, ejerció el periodismo, la investigación histórica y la crítica literaria. Fue fundador de la revista *Cuba Contemporánea* y *Revista de Estudios Afrocubanos*. Colaboró con *Archivos del Folklore Cubano* y *Carteles*. Entre sus muchos libros figuran *Una interpretación de la realidad cubana* (1935) y *Martí antimperialista* (1953). Fue Historiador de la Ciudad de La Habana hasta su muerte.

77 Enrique Riverón (1902-1998) fue uno de los promotores del arte decó en esta época. Estudió en la Academia San Fernando de Madrid y viajó por Francia, Italia y Bélgica, lo que le permitió incorporar una variedad de estilos y corrientes. Según Romero «Este movimiento art decó incorporó a la ilustración soluciones diversas y su código estético permitió la incorporación de los ismos: la geometrización y descomposición de los planos del cubismo, la velocidad y el dinamismo del expresionismo y la fragmentación y la captación del movimiento del futurismo». Riverón acababa de regresar a Cuba desde París, donde había participado en varias exposiciones, cuando emprende la ilustración de este capítulo (Blanc 1996:240). Sus dos ilustraciones captan el espíritu de modernidad y frivolidad del texto y de la época.

Esa pintoresca y heterogénea sociedad habanera muy 1926, mezcla de los más variados tipos de nuestra escala social, desde la niña, «hija de buena familia», graduada meses antes en el colegio aristo-crático-religioso del Sagrado Corazón, hasta el homicida o el esta-fador, indultado ayer de presidio y hoy padre de la patria y político prominente.

La orquesta, después de haber conmovido intensamente con una de las tres únicas cosas (las otras dos son el dinero y la lujuria), capaces de conmover a estos fantoches modernos: las notas estridentes y sal-vajemente afrodisíacas del jazz, se había parado en seca, dejando a los bailadores durante unos segundos, por la embriaguez de la danza, en-lazados aún sus cuerpos, aunque hubiese pasado ya, al cesar la música, la justificación del abrazo socialmente legalizado del baile y como tal admitido por esposos, padres y novios.

Las parejas, sudorosas, jadeantes, se dirigieron a sus mesas, a re-parar con un breve reposo las gastadas energías, para consagrarse de nuevo a la fiebre del baile. Otros se precipitaron a las salas de juego para sumergirse en las emociones no menos embrujadoras y ener-vantes del azar trayéndoles o quitándoles la fortuna.

Los camareros, en correcta y vodevilesca formación, atravesaron la sala, abriéndose, a medida que avanzaban, como las negras varillas de un enorme y viviente abanico, para servir a los comensales uno de los platos del *table d'hôte* de esa noche, que como los demás, y cual ocurre en toda *cena-danzante*, apenas sería probado.

Desde nuestra mesa, estratégicamente situada, y que desde días antes nos había reservado el *maître*, gracias a una convincente propina, se dominaba por completo todo el salón. Y mis amigos y compañeros de esa noche –el Dr. Altigas, el poeta-abogado Marín Helo, y el crítico musical Carpe– y yo, nos dedicamos a observar la concurrencia.

—Ud. que es costumbrista –me dijo el Dr. Altigas–, tiene aquí ancho campo donde estudiar nuestra sociedad. En este salón se en-cuentra una síntesis completa de ella, en sus tipos más característicos y representativos, y con todas sus pasiones, vicios y maldades, casi tan al desnudo, como la *toilette* de las mujeres.

—Como que están en su casa, en su verdadero hogar. Podríamos decir que este casino, mezcla de cabaret, sociedad elegante, café can-

tante y garito aristocrático, es el templo de la sociedad de nuestros días
–exclamó Marín Helo.

—Así es –le interrumpí–. Y fíjense ustedes qué satisfechos se encuentran todos. Se han despojado de ciertos convencionalismos y de
muchas hipocresías que tienen que guardar en sus casas, y hasta en el
teatro y en la calle. El hogar, ese artificial hogar de nuestros días, que
las más de las veces sólo sirve para el almuerzo y las peleas, y a ratos
para comer y dormir, y que es juzgado por casi todas nuestras damas,
jóvenes y viejas, solteras y casadas, con esa frase elocuentísima: «me
pesa la casa», considerando como un suplicio el tener que permanecer
en ella un día entero; ese hogar que hoy es útil sólo en cuanto a que
en él se viste uno para salir a la calle, e ir a los negocios, al paseo, las
tiendas o las fiestas, y que ni siquiera sirve ya de refugio en las en-
fermas pues las clínicas resultan más *chic*, y es en ellas, generalmente,
y no en la casa, donde se viene al mundo; ese hogar moderno, donde
verdaderamente lo encuentran hoy hombres y mujeres, es aquí, en
este casino, o en el club, no en sus casas.

—Bueno –dijo el Dr. Altigas– eso del lugar de nacimiento es una
ventaja que tendrán los historiadores del mañana. No necesitarán afa-
narse buscando fotografías de la «casa donde nació el ilustre X de X».
Les bastará publicar las fotografías de nuestras clínicas, con este pie:
«Clínicas donde nacieron todos los insignes cubanos de mediados del
siglo XX».

—Ocugrrentísimo; pero es la vergdad, toda la vergdad –asintió,
con su acento francés y su arrastre de r, el crítico musical Carpe.[78]

—Pero, a los que decimos esas verdades, y mucho más a los que
las escribimos y publicamos, nos llaman los mismos causantes de que
las formulemos radicales, inmorales, destructores de la sociedad, bol-
cheviques.

—Claro –dijo Marín Helo– porque les duele verse desenmasca-
rados.[79]

—Por eso, como tú decías antes, y decías bien, éste es el templo
de nuestra sociedad, porque aquí no se preguntan unos a otros quiénes

---

78   Obviamente, Alejo Carpentier.

79   Roig de Leuchsenring, sin alterar el tono ligero e irónico de la narración, expresa la crítica
    más fuerte de todo el folletín contra la superficialidad y relajación cultural que van mano
    con mano con el concepto de modernidad de la nueva sociedad. Nótese, por ejemplo, que
    en el repertorio de actividades de moda de la nueva burguesía que se detalla en la novela
    no existe mención alguna a la Orquesta Sinfónica y la Filarmónica (creadas en 1922 y
    1924), la Sociedad de Música de Cámara (en la que tocaban Amadeo Roldán y su
    hermano Alberto) o la ópera.

son ni de donde vienen, ni a dónde van. Pagando la entrada y estando
bien vestidos, todos tienen cabida y todos se toleran, aún conociéndose,
como se conocen mutuamente, sus defectos y sus vicios. Y la niña
recién presentada en sociedad bailará, autorizada por sus padres, con
el expresidiario, el tahur o el *souteneur*; los maridos platicarán con el
amante o los amantes de su mujer y hasta serán sus invitados o comensales de mesa; las honradas, o que la sociedad califica de tales,
podrán satisfacer su curiosidad contemplando de cerca a las impuras
de alto copete, cuya vida y milagros conocen ya por habérselos oído
mil veces a un amigo o al dependiente que sirve a ambas en alguna
gran tienda de la calle de San Rafael.

—¡Cómo se conoce que está hablando el costumbrista! —me interrumpió el Dr. Altigas, y volviéndose a la derecha con nerviosa rapidez, saludó expresiva y paternalmente, como es en él característico
cuando se trata de algún cliente (¡y quién en la Habana, no es o ha
sido alguna vez cliente suyo!), a una mujer joven y bella, que en compañía de un señor anciano y respetable y de un hombre, ni joven ni
viejo, elegante, tipo del criollo simpático, resuelto y campechano, se
encontraban en una mesa situada a unos cuantos metros de distancia.

—¿Quién es? –preguntó Carpe.

—Pero ¿no la conocen ustedes? Gloria Reguera, con su padre, (el general y senador), y el representante Cartaya.

—Entonces –dijo Marín Helo– se ha confirmado lo que venía murmurándose desde hacía unas semanas. ¡Qué callado se lo tenía usted, Dr. Altigas Porque usted tenía que saberlo, siendo como es, además de médico de esa muchacha, su amigo y confidente. Ud. tenía que estar enterado de que *Cartayita* había logrado, al fin, como fueron siempre sus propósitos, interrumpidos por el trágico incidente del automóvil, romper sus relaciones con Rosa Sánchez Acosta, y enamorar a la hija de su protector político el general Reguera, pensando no en lo que su corazón le dijera, que en el fondo quería a Rosa y le gustaba, a pesar de todas sus excentricidades modernistas, sino mirando al porvenir en lo que a su carrera política se refiere y a la necesidad de tener incondicionalmente a su lado al general Reguera para poder dar ese salto, tan ambicionado en el trampolín político, que de la Cámara conduce al Senado.

—Pues sí –contestó el Dr. Altigas– no solamente lo sabía, sino que contribuí también a ese arreglo, y a otro que es tan sensacional como éste y que también verán ustedes confirmado ahora. Miren hacia la izquierda... más allá... detrás de la mesa donde están Fontanills y el grupo de los cronistas sociales: Uhthoff, Miguelito Baguer, Julio Céspedes...

—¡Pero esto es ya asombroso! –exclamó Carpe–. Sí, fíjense: ¡Rosa Sánchez, con su padre y... su primo Sergio!

—Pues sí –continuó el Dr. Altigas– Rosa y Sergio se han comprometido también. Y esos dos compromisos constituyen uno de mis mejores triunfos, si no facultativo, sí como consejero y confidente femenino; porque el arreglo y el acuerdo lo tomaron, con mí intervención, Gloria y Rosa.

—Entonces, ¿han quedado peleadas? –preguntó Carpe.

—No. ¡Qué va! Más amigas que nunca. Ni Rosa ni Gloria han querido ni quieren en el fondo ni a Cartayita ni a Sergio. Mujeres modernas, libres, inteligentes, para ellas el matrimonio es un problema no de carácter sentimental sino social. Viste bien tener un marido y además es muy útil precisamente para conservar la libertad de que ellas tanto alarde hacen. Yo, conocedor de los planes de Cartayita, por habérselos oído referir a él varias veces, y de la pasión de Sergio hacia su prima, les hice ver a cada una cuál era el marido que les convenía y necesitaban. Y el arreglo fue fácil, y todos han quedado contentos: Cartayita satisface su interés, Sergio su amor, y Rosa y Gloria...

—¿También su... ? –interrumpió Carpe.

—No sea usted niño malicioso –le cortó rápido el doctor Altigas.

La orquesta preludió un *charleston*, y de las mesas fueron separándose las parejas. El Dr. Altigas hizo ademán de levantarse.

—Espérese un momento –le dije, indicándole continuara sentado–. Usted que lo sabe todo, ¿en qué estado se encuentra la causa iniciada por la muerte de la pobre francesita Paulette, venus tarifada de las que persiguen cristianamente los moralistas provincianos que ahora nos gastamos?

—Pues –me contestó el Dr. Altigas– la causa está para sobreseerse de un momento a otro. Por el dictamen de los forenses y las investigaciones practicadas por el propio jefe de la judicial, parece que se trata de un suicidio.

—Y, ¿lo del periodista abogado y *pequeñista* que vio el Dr. Soco entrar en casa de la víctima la tarde del crimen y dejó olvidado el sobre con la declaración del juez especial Rodríguez de Arellano?

—Todo se aclaró. El Dr. Magnack, buscando el domicilio de un testigo importante en un sumario que estaba estudiando como Fiscal de la Audiencia para formular conclusiones, entró equivocadamente en casa de Paulette, encontrándose con el cuadro trágico de la pobre margarita muerta, y en la ofuscación que le produjo esa sorpresa, se le cayó al suelo el sobre que llevaba. Nada más. Así consta declarado por él en el sumario y confirmado por la policía en todas sus partes.

—Bueno, Dr., dos palabras antes de entregarse al baile. Ya que para usted no hay secretos, díganos quién, cómo y por qué, hirió a Rosa Sánchez Acosta, en el automóvil, cuando se dirigía de su casa al muelle de la P. and O. para embarcarse hacia Nueva York.

—Eso sí que no lo sé. Pero para no desmentir mi fama de conocer todos los secretos, misterios y chismes habaneros, sé quién lo sabe por lo menos, así me lo han asegurado.

—¿Quién?

—Carrión.

—¿Miguel de Carrión,[80] el autor de *Las Honradas*?

—Y el de *Las Impuras*, también, en este caso.

—¿Cómo?

---

80 Miguel de Carrión (1875-1929) estudió medicina en la Universidad de La Habana y ejerció como médico toda su vida. Sus novelas *Las honradas* (1918) y *Las impuras* (1919) dibujan el ambiente político-social del inicio del período republicano o neocolonial con todas sus innovaciones, vicios y contradicciones.

Capítulo XII y último. Sue, Dumas, Montépin and Company[81]

Por Carlos Loveira

Ilustraciones de Conrado Massaguer

De Carrión nada obtuvo la voraz curiosidad del maldiciente profesional Roque Larráuring. No pudo el costumbrista hallar al novelista en parte alguna, no obstante tener el primero domicilio conocido y haberle llamado el segundo a casi todos los teléfonos de La Habana:

—¿De parte de quién?

Y tras de este truco de guiñol 1926, si se trataba del teléfono particular, Carrión acababa de salir para la redacción, y si tratábase del teléfono de la redacción, el autor de *Las Honradas* debía estar llegando a su casa.

—¡Caracoles! –acabó por pensar Larráuring–. Seguramente el maestro del análisis psicológico no ha querido ocuparse, y menos mezclarse, en el fantástico y truculento folletín tejido en torno del misterioso hecho de sangre de que fuera protagonista Rosa Sánchez. Y Altigas, esta vez, hallábase tan mal enterado como Viriato.[82]

Ante el conflicto (en seguida tenía Larráuring que enterar a todo el mundo del desenlace de aquel folletín, absurdamente metido en los dominios de la mariguana por K.Atá[83] y otros) el líder de los pequeñistas pensó en Boleira.[84] Boleira, al menos en el principio, estuvo bastante enterado del lío. Boleira conocía a los actores principales. A Bo-

---

81 Eugène Sue (1804-1857) fue un escritor francés de populares folletines, como *Los misterios de París*; Alexandre Dumas, fils (1824-1895), fue el autor de *La dama de las camelias*, llevada a la ópera y el cine; Xavier de Montépin (1823-1902) escribió entre 1884 y 1889 uno de los folletines más famosos del siglo XIX, *La porteuse de pain*, que se adaptó sucesivamente al teatro, al cine y a la televisión.

82 Viriato fue el jefe de la resistencia contra la invasión romana de Lusitania. En 139 A.C. el general romano soborna a tres soldados de Viriato que lo asesinan cuando duerme.

83 Alfonso Hernández Catá, autor del sexto capítulo.

84 Carlos Loveira.

leira siempre le encontraban sus amigos.

Larráuring encontró a Boleira en su oficina, que era lo mismo que encontrarle en bahía. Estaba el hombre redactando un decreto que habría de ser, según él, un magnifico sistema para solucionar ciertos conflictos obreros; olvidando, infeliz, que en tales asuntos no hay mejor sistema que el del garrotazo y tente tieso.

—Viejo –le dijo Larráuring, criollamente, a su hombre–, aquí vengo a que me hagas un favor.

—Si no es literario, a tus órdenes –respondió Boleira, con esa pose de hombre aplastado que desde hacía tiempo adoptara y que tan mal rimaba con su corpachón de San Cristóbal de las letras. Porque, ya ves. Sacar la mente de este gerundioso decreto, para trasladarla bruscamente a la literatura...

Explicó Roque Larráuring. No. No se trataba de escribir, sino de hablar. Como Boleira había estado en el muelle de la P and O el día del farragoso suceso y era convecino de Rosa Sánchez; nadie corno él podría desenredar la montepinesca trama tejida en torno del aludido suceso. Desenredarla, y entregarle el secreto al solicitante, quien con su ingénita maledicencia de costumbrista la esparcería, en letras de molde, por todas las esquinas ciudadanas. Para ello el maléfico ingenio del pequeñista había concebido un plan digno de la época. Boleira procuraría acercarse a Rosa, a Sergio, a *Cartayita*, o a quien le pareciese mejor, entre aquella gente, y amenazarle con poner la causa nuevamente en marcha, si no se le confiaba a título de novelista; esto es, de discreto fotógrafo de fantoches humanos, el secreto del «automóvil de la muerte» y de cuanto, aún desconocido, ocurriera antes, y después del sonado accidente. Claro que el asunto tendría que ser planteado vaselinosamente, entre bromas y veras, dejando caer, con habilidad, la base chantagística del plan: Boleira, al ir aquella mañana con rumbo al muelle, lo hizo en un democrático Ford que siguió la misma ruta del «automóvil de la muerte», y así pudo ver algo muy significativo que no puso en conocimiento de los jueces por la nietzchana superhombría[85] con que ya ve todas las farsas del tablado social.

—Bueno –fraternal se rindió el superhombre–. Voy a realizar el esfuerzo. Verdadero esfuerzo; porque calcula: no he vuelto a ver al capitán primo de Cartayita. Este y algunos otros personajes están cam-

---

85   En su libro de 1883 *Así habló Zaratustra*, Friedrich Nietzsche expone su teoría del superhombre (Übermensch) como una meta para la humanidad. El superhombre desarrolla valores que van más allá de la religión y la moralidad burguesa.

biadísimos, desde entonces. Como se lo dije a Magnack, hace tiempo, en presencia de Jerpa, ya casi no sé quién es quién, ni qué parentesco les une. No me explico cómo una fantoche comparsa, francesa dege-

nerada, pudo suicidarse, hiriéndose en la espalda, por mucho que fuese su horror a los camagüeyanos. Luego, esto, chico: el decreto... Pero, en fin. Trataré de saciar tu morbosa curiosidad, haciéndote, con el resultado de mis pesquisas, y a todo correr de mi máquina de escribir, una carta aclaratoria.

Y poniéndose de pie, con la mano extendida, a la expedita manera del Dr. Carrera Jústiz, agregó:

—Eso sí. Esa carta has de considerarla como estrictamente personal y confidencial. ¿Eh?

—Sí, viejo. No te ocupes. Pero procura que sea para mañana por la noche, en que cierro el próximo número de la revista.

Larráuring partió rumbo al Lafollette.

Y al siguiente día encontró en el piso de su despacho –mezcla de soviet, bufete, redacción y mundana sacristía– la siguiente carta, que Boleira laboriosamente introdujera por debajo de la puerta, siempre cerrada a la hora en que la gente de trabajo anda por las calles.

«Mi querido Roque Larráuring:

«Te puedo aclarar todo. He hablado con Cartayita, tipo a quien, sabes, conozco bastante bien. Sea por eso, sea porque goza ostensible complacencia en mostrarme, cordialmente, su triunfal superioridad de hombre que sabe vivir la vida, gracias a sus maravillosas habilidades de fantoche moderno, lo cierto es que no he necesitado deslizar la menor insinuación jesuítica para sonsacarle. ¡Vamos! ¡Menudo es su orgullo de adaptado, de triunfador por sus propios méritos, que no tuvo necesidad de ir a la Revolución para saber ocupar cualquier puesto, por elevado que sea!

«Y eran parte de este novelesco brete ha sido compuesta por la habilidad de Cartayita, combinada con la omnipotente influencia social y política de Reguera, General y Senador.

«Verás.

«Rosa al fin habíase sometido al plan de Cartayita, de embarcarla para los Estados Unidos, so pretexto de aristocrático veraneo en cursi *boarding house* latinoamericano del oeste neoyorquino; porque frente al platillo de la balanza en que estaba su amor propio de mujer preterida, puso dos sólidas y pesadas consideraciones de hembra de sus días: los altos puestos que los hombres de su casa ocupaban, en La Habana, eran obra de la influencia de Cartayita; la base económica de la vida de ella dependía de los seguros ascensos que él continuara logrando en su brillante carrera política y social.

Como Cartayita se lo dijera aquella mañana, a su primo el capitán,
un matrimonio, suave y sosegado, con Gloria Reguera, vendría a
asegurar, con fuertes lazos familiares, los triunfos portentosos del
congresista y ya inevitable abogado. Y así Rosa se metió la mañana
del sensacional hecho en la barata y exótica limousine con Conchita,
don Julio, Sergio, y la impedimenta de cajas, baúles y paquetes.

«Claro que en ella vivió el despecho, fuerte y perturbador, durante
los días que precedieron al viaje; en los cuales, mientras Cartayita
iba a decirla sonrientes insinceridades acerca de las ventajas y bellezas de aquel forzado veraneo, Sergio sumiso, tolerante e incansable, se acercaba a ella para, por millonésima vez, pedirla su amor.
Ella, hecha propicia por las circunstancias, se excedió un tanto en
condescendencias y enternecimientos con el apasionado joven; llegó
a levantar en él cálidas esperanzas de futuras compensaciones
«triangulares», y hasta en los últimos momentos le hizo concebir
la ilusión de no salir de Cuba, a riesgo de todas las consecuencias.

«Pero ya hemos visto, querido Larráuring, que la realidad de la vida
pudo más. Cuando Sergio vio que iba a ser nuevamente relegado a
un plano insignificante, despreciado, engañado, se propuso luchar
hasta el último momento, ganar tiempo. Encargado de los pasajes,
pasaporte, equipajes y demás trámites del viaje, intencionalmente
se hizo el equivocado en cuanto a la hora de la salida del vapor. Así
obtuvo que la limousine saliera atrasada del Vedado, y que luego,
releyendo extemporáneamente el billete, se hiciera teatralmente el
sorprendido al ver que ya casi era la hora marcada para la salida del
vapor, logrando con ello que Conchita y don Julio se bajaran en la
Manzana de Gómez, a rogar, por el teléfono del banco, que el Cuba
les esperase unos minutos. En el primer momento, Rosa tuvo cierto
miedo de quedarse a solas con Sergio en la máquina, pero en seguida pensó en la mujer con el cabello a lo boy y la falda por la ro-
dilla. Tenía razón Sergio. Los «viejos» eran los que debían bajarse
a hablar por el teléfono. Si se iba el vapor, ¿qué? Y si Cartayita se
sulfuraba al verla llegar sólo con Sergio, mejor. Más fácil y confia-
damente dispondría del hombre necesario, si despertaba en él va-
nidades de gallo celoso. Acaso él mismo acabaría por rogarle que
no se embarcase. Se bajaron los "viejos".

«Apenas estuvieron solos, Sergio; con la precipitación e incoherencia
propias de los escasos minutos de que disponía, comenzó a rogarle,
a Rosa, que no se embarcase. Aturdido por la proximidad del
cuerpo de ella; enardecido por la eterna lucha entre el macho do-
minador y la hembra que niega, llegó a lanzarse sobre ella, aga-
rrándola con las manos engarfiadas por los brazos túrgidos y re-
donditos, besándola en los ojos húmedos de emoción, en los labios

esquivos y contraídos, en el tenue *georgette* negro que ceñía los rotundos muslos de la joven.

«—¡Brusco! ¡Inculto! ¡Eres el guajiro de siempre! —le increpa ella mientras se defiende. —¡Que nos van a ver, y me desgracias para siempre, bárbaro!

«Se enloquece él. Da un tirón, con ambas manos, a la vez, a las cortinillas laterales del automóvil. Extrae del bolsillo trasero del pantalón un Colt, calibre treinta y dos, y sin nueva súplica, sin conminación alguna, sin darla oportunidad de acceder, protestar o pedir auxilio, le descerraja un tiro, que ella instintivamente desvía con la diestra, haciéndolo penetrar en la cavidad abdominal. Pero antes la bola ha perforado una gran funda de papel, envoltura de un sombrero alón, de invierno, que la muchacha llevaba cuidadosamente en las piernas, para tenerlo a mano al llegar a Nueva York. El papel se ha percudido con las manchas de la pólvora. Sergio, delirante, momentáneamente convertido en frío criminal, al ver que el *chauffeur* nada inquiere, que el automóvil sigue su natural carrera tiene clara intuición de lo ocurrido. El chauffeur y los transeúntes, al oír la detonación y ver la tranquilidad ambiente, la toman por el estampido de un neumático "de otro", más o menos lejano.

«Sergio tiene calma suficiente para envolver en la propia funda del lujoso sombrero invernal, única cosa que tiene delatoras huellas de pólvora, el revólver vengador, y para abrir cautelosamente la portezuela, mientras la máquina baja célere por el amplio y solitario escampado que precede al muelle, y lanzarse hacia atrás, con maestría de gavroche vendedor de periódicos.

«Tú comprenderás, amigo Larráuring, que todo eso es verosímil. Ya el abogado y literato, Enrique Cureña, ha anticipado la teoría del neumático. También es de creerse, que el chauffeur, apurado como iba, no quitase un momento la vista de los obstáculos —máquinas, transeúntes, locomotoras eléctricas y trenes en movimiento— a cuyo paso pudiera interponerse la limousine bruscamente. Además, Sergio no escapó sin ser visto por alguien. Le vi yo, que ya regresaba, a pie, en demanda de un tranvía, por el plazolón adoquinado, silente y solitario. Siempre, de todos modos, esto último te parecerá más seguro y más lógico, que la secular persecución, de que venían siendo objeto dos rancias familias blancas, por medio de una trama a lo *Judío Errante*, en medio de la actual civilización cubana.

«¿Lo descubierto por el juez Rodríguez de Arellano, comprobado por la muerte de Mónica, la africana octogenaria, y por la del propio Rodríguez de Arellano? Muy fácil. Mónica, senil, decrépita, atribuyéndoles todavía, en su ignorancia, un poder enorme y misterioso a las antiguas organizaciones secretas de la plebe afro-criolla de los

tristes y obscuros días del coloniaje; Mónica, pronta a atribuir todo
crimen tenebroso que llegaba a sus oídos, al ñañiguismo y a los más
famosos cabildos del pasado, creyó ver en el suceso que nos ocupa
la mano oculta de trágicos y ancestrales juramentos africanos. Re-
lacionando supersticiosas coincidencias y acaso algunas ramifica-
ciones de tales juramentos en que ella estuviera mezclada en la juventud, y que ahora cruzaban vagas por su perturbada memoria,
entrevió imaginarios peligros para su «niña», y le contó al juez Rodríguez de Arellano todo lo que sabemos. Rodríguez de Arellano,
aficionado al estudio de la vida popular y hamponesca de los
tiempos coloniales y de nuestra época, llegó a tener en estas materias
una cultura libresca que le hacia ver esoterismos, confabulaciones
y mafiescas francmasonerías de remoto abolengo asiático o africano,
en todas partes. Con predisposición y ansiedad de catecúmeno, o de
especialista, que quiere ser persuadido por la comprobación de la
doctrina, Rodríguez de Arellano creyó a Mónica, y se prestó a ser
encaminado y hasta conducido, hacia los últimos reductos del ñañiguismo y la brujería, por los amigos y conocidos que la negra vieja
puso a su alcance. Su obsesión, pronto convertida en monomanía,
le impidió ver lo absurdo de que jóvenes hombres y mujeres de
color, que llenan hoy, ansiosos de saber y educación, los salones de
los institutos, de la Univeridad y los clubs, pudieran seguir obede-
ciendo viejas y salvajes conjuras racistas o fetichistas. Cuando acabó
de perder el juicio sufrió verdaderas alucinaciones, haciéndole éstas
«ver» cuadros, escenas y personajes, que sólo en su demente imaginación existían. Una noche oyó decir en un juzgado que Mónica
había desaparecido , y que su "niña" la buscaba llorosa por todas
partes. Recordó un viejo edificio, mitad garaje, mitad bodega, por
allá por los Repartos, a que la anciana negra acostumbraba ir en pos
de brujos conciliábulos. Se encaminó hacia allá, y efectivamente
halló a la tutancaménica africana decapitada por unos sujetos que
la robaron. Después era natural que tuviera el incidente, de loco,
con el vigilante Pérez, y antes y máxime tras este ridículo lance de
chiflado, Ramal Báyer le tomara el pelo, abusivamente. Tan natural
como lo anterior, fue el que sufriera después verdaderas alucinaciones de delirio persecutorio, hasta creerse envenenado por inexistentes, absurdos filtros, de lenta y progresiva acción, y hasta
llegar, en un momento de morbosa autosugestión, a caer desmayado
en el interior de un vehículo. ¿Que cómo un médico, largo y pálido,
con temblones lentes encintados en negro, aseguró que estaba
muerto el juez? Explicable. Muy explicable, como todo lo demás.
Ese médico, por haberse especializado en l a sosegada atención de
los enfermos crónicos hace tiempo no ve morir a nadie. Y así, Ro-

dríguez de Arellano está hoy recluido en la clínica Malberty, donde sigue delirando con dahomeyanos y hotentotes de taparrabos de plumas, argollas en las narices y largas lanzas de hueso afilado que bailan en torno de la parrilla donde humea un misionero o un niño blanco; tal como suponen a los actuales negros de Cuba los bobos escritores y dibujantes de magazines y *Sunday papers*.

«¿Qué más? Que en el momento del frustrado homicidio, Sergio se escondió, tan arrepentido y adolorido, como dispuesto a seguir oculto mientras hubiera peligro. Después, cuando se vio que Rosa podía vivir, Reguera puso en movimiento a un Ford, servicial y benévolo, de la época, para que le pusiera en contacto con el desaparecido.

«Apareció, y a espaldas de centros policíacos y judiciales, consternado de dolor y vergüenza, la llevaron ante la familia. No ante Rosa, por no darle la sacudida emotiva. De lo contrario, hubieran tenido que llevarle junto a ella, porque lo rogaba, casi exigía, febrilmente. Con el pretexto de que era perdonable quien, por una pasión tan fuerte y pura, había querido matar, le ofrecieron reserva y seguridad absolutas. En verdad, lo que se deseaba evitar, era el escándalo, en el cual quedaría peligrosamente envuelta Gloria, y Cartayita, y la brillante ejecutoria libertadora, política y mundana, del Senador de la República y General de todas las Revoluciones, don Pancho Reguera, y ¡qué caray! el mismo porvenir de Rosa. Como ya lo apuntan Ibar Zábala, el chauffeur era un fidelísimo, antiguo servidor de la familia, en quien podía confiarse. Y se confió. Lo demás lo hizo la influencia de Reguera, con su inapreciable derecho de mampara, el más alto privilegio en Cuba. Sobre todo, lo más importante: matar y enterrar el sumario.

«Lo que resta, ya se sabe. Todo quedó en familia. Con la senaduría y el pupitre cameral, rodeados de gajes

«E influencias, había para dos casas. En cuanto al amor, ya todo el mundo tenía salvoconducto social. A gozar, por tanto, de los *roofs*, los *garden parties* umbrosos, los sones intermatrimoniales en las campestres fincas propincuas, los cabarets donde no es inmoral el desnudo, estético y coreográfico; todo el tablado de la guiñolesca farándula de los agradecidos de Dios, en este feliz y movido año criollo de 1926.

«Soy tuyo, sonriente y volteriano Roque, muy fraternalmente.

BOLEIRA

Thank you for acquiring

Fantoches 1926

from the
Stockcero collection of Spanish and Latin American significant books of the past and present.

This book is one of a large and ever-expanding list of titles Stockcero regards as classics of Spanish and Latin American literature, history, economics, and cultural studies. A series of important books are being brought back into print with modern readers and students in mind, and thus including updated footnotes, prefaces, and bibliographies.

We invite you to look for more complete information on our website, **www.stockcero.com**, where you can view a list of titles currently available, as well as those in preparation. On this website, you may register to receive desk copies, view additional information about the books, and suggest titles you would like to see brought back into print. We are most eager to receive these suggestions, and if possible, to discuss them with you. Any comments you wish to make about Stockcero books would be most helpful.

The Stockcero website will also provide access to an increasing number of links to critical articles, libraries, databanks, bibliographies and other materials relating to the texts we are publishing.

By registering on our website, you will allow us to inform you of services and connections that will enhance your reading and teaching of an expanding list of important books.

You may additionally help us improve the way we serve your needs by registering your purchase at:
http://www.stockcero.com/bookregister.htm

www.ingramcontent.com/pod-product-compliance
Lightning Source LLC
Chambersburg PA
CBHW032000060726
47497CB00015B/848